एक नई सुबह

AF107601

प्रतिभा दीवान

BlueRose ONE .com
Stories Matter

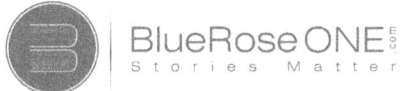

© **Pratibha Diwan 2023**

All rights reserved

All rights reserved by author. No part of this publication may be reproduced, stored in a retrieval system or transmitted in any form or by any means, electronic, mechanical, photocopying, recording or otherwise, without the prior permission of the author.

Although every precaution has been taken to verify the accuracy of the information contained herein, the author and publisher assume no responsibility for any errors or omissions. No liability is assumed for damages that may result from the use of information contained within.

First Published in May 2023

ISBN: 978-93-5704-018-1

BLUEROSE PUBLISHERS
www.BlueRoseONE.com
info@bluerosepublishers.com
+91 8882 898 898

Cover Design:
Muskan Sachdeva

Typographic Design:
Pooja Sharma

Distributed by: BlueRose, Amazon, Flipkart

एक नई सुबह

तेरा हर किरदार हम लिखते मगर रहने दिया।

दास्ताने जिन्दगी को मुख्तसर रहने दिया।।

डॉ० औरीना अदा भोपाली

एक नई सुबह

पलक झपकते ही शाम हो चुकी थी| सूरज काले बादलों के पीछे छुप गया था| आसमान में काले बादल मंडराते नज़र आ रहे थे| सावित्री जल्दी जल्दी लकड़ियाँ आँगन में से उठाकर अन्दर ला रही थी, जो उसने सुबह धुप में सूखने के लिए रखी थीं| लेकिन वो पूरी तरह सुखी नहीं थी| सावित्री इन लकड़ियों को सुलगाने की भरपूर कोशिश कर रही थी लेकिन वो धुँआ छोड़ रही थी| तभी अंदर से सासू माँ की आवाज आई| "अरे सावित्री खाना बना या नहीं रघुबीर दुकान से आता ही होगा|

जी माँ जी बना ही रही हूँ| तभी रघुबीर की आवाज़ आ गई| अरे भाग्यवान अभी तक खाना नहीं बनाया| जी बस बनाती हूँ| वो लकड़ियाँ गीली थीं| मैं तो बहुत देर से जलाने की कोशिश कर रही थी| आप हाथ मूँह धो लीजिए मैं खाना परोसती हूँ|

सावित्री जल्दी-जल्दी चूल्हे पर एक तरफ गरम-गरम रोटियाँ सेंकने लगी| दूसरी तरफ सब्जी छोंक दी थी| सावित्री ने दो थाली लगाकर अम्मा जी और रघुबीर को खाना परोस दिया और चूल्हे में गरम-गरम रोटी सेंक कर देती जा रही थी|

आज सावित्री की तबियत भी ठीक नहीं थी सावित्री सोच रही थी कि इसमे मेरी क्या गलती है कि बेटा नहीं हुआ| लेकिन अम्मा जी और रघु को बेटी होने पर ज़रा भी खुशी नहीं हुई| जबकि भगवान ने कितनी प्यारी बेटी दी है| रघु को देखते ही सावित्री ने कहा देखो न रघु हमारी कितनी प्यारी बेटी है| हम इसका नाम मीना रखेगें|

बेटी प्यारी होगी तेरे लिए मुझे तो बेटा चाहिये था| और अम्माजी भी बेटा ही चाहती थीं| लेकिन तूने उनकी इच्छा पूरी ही नही की, ये बात सुनकर मीना को गहरा सदमा पहुँचा दोनो माँ बेटे तो बस लड़का चाहते थे इसलिए उसका मन खाना खाने को नहीं हुआ| उससे बेठते भी नहीं बन रहा था, पेट में कमर में बहुत दर्द था| सावित्री ने जैसे तैसे सब काम निपटाया और बिस्तर पर जाकर लेट गई, तो थोड़ा आराम मिला| सुबह जल्दी ही सावित्री की आँख खुल गई उसने फिर जल्दी-जल्दी घर के काम निपटाये|

फिर सावित्री माँ जी के पास जा कर बोली| माँ जी रात से मेरे पेट में बार बार दर्द उठ रहा है| 'अच्छा ठीक है तू काम निपटाले घर का जब तक डिस्पेन्सरी में डाक्टरनी जी आ जायेंगी हम चल कर चेकअप करालेगें|

मैं तो कब से पोते का मूँह देखने को तरस रही हूँ| घर में पोता आ जाऐ तो आँगन उसकी किलकारियों से भर जाऐ सावित्री ने शरमाकर सर झुका लिया|

अरे सावित्री कहाँ गई चल जल्दी से मैंने पड़ोस के मोहन से डाक्टरनी को देखकर आने का बोला था| मोहन बता रहा है कि डॉक्टरनी डिस्पेन्सरी में बेठी है| चल जल्दी नहीं तो लम्बी लाईन लग जायेगी जी अम्मा जी चलिये, मै तो कब से तैयार ही बैठी हूँ|

दोनो सास बहू अस्पताल पहूँची| डाक्टरनी मेडम ने सावित्री का चेकअप करके अम्माजी से कहा अम्माजी सावित्री को एडमिट कर दीजिए, आज शाम तक ही आपको मूँह मीठा करवाना पड़ेगा|

अरे डाक्टरनी बाई क्यों नही जरुर मूँह मीठा कराऊँगी बस मुझे तो आप जल्दी से पोते का मूँह दिखा दीजिये|

अरे अम्माजी लड़का लड़की में कोई फर्क नहीं होता आप तो भगवान का शुक्र कीजिए जो भी वो दे दे|

रघुवीर को जैसे ही खबर लगी कि सावित्री अस्पताल में एडमिट है| जल्दी से दुकान बंदकर दौड़ता भागता अस्पताल आ गया|

डाक्टरनी मेडम ने बाहर आकर खुश खबरी दी अम्मा जी आप दादी बन गई हैं|

सावित्री ने एक बहुत प्यारी बेटी को जन्म दिया है| भगवान का शुक्र माँ बेटी दोनों ठीक हैं ये खबर सुनते ही अम्मा जी और रघुवीर के सपनों पर जैसे पानी फिर गया, रघुवीर तो बेटी को देखे बिना ही घर चल गया|

अम्मा जी ने भी जैसे-तैसे अम्मा जी ने भी रात अस्पताल में काटी और सुबह होती ही सावित्री को लेकर घर आ गई|

इसलिए बेटी होने की कोई खुशी नहीं थी| लेकिन सावित्री के लिये तो वो कलेजा का टुकड़ा थी, मीना नाम सावित्री ने उसका बड़े प्यार से रखा था| सावित्री मीना को देख देख कर जीती थी| जब मीना हँसती तो सावित्री भी हँसती थी|

अम्मा जी जब भी सावित्री को मीना को गोद में लिये हुये देखती फौरन कोई काम बताती " अरे कब तक इस कलमुँही को गोद में लेकर हिलती रहोगी, इसके अलावा क्या और कोई काम नही है|

क्या इसको जन्म देकर कोई बड़ा अनोखा काम किया है| कुछ घर के कामकाज पर भी ध्यान दे दिया करो|

कभी कभी तो मीना रोने लगती लेकिन फिर भी सावित्री को जबरदस्ती गोद से उतारना पड़ता था उस समय सावित्री की ममता रो पड़ती वो चुपचाप आँसू पोंछकर काम में लगा जाती| लेकिन मीना की रोने की आवाज से सावित्री का कलेजा छलनी हो जाता था| वो बस अपनी साड़ी के पल्लू से आँसू पोछती और मजबूर आँखों से मासूम मीना इस बात से बेखबर थी कि

क्यों उसके साथ ऐसा व्यवहार किया जा जा रहा है| उसे नही पता था कि ये उसे लड़की होने की सजा दी जा रही है|

जब अम्मा जी इधर-उधर चली जाती सावित्री मीना को उठाकर अपनी छाती से लिपटा लेती और उस भूखी बच्ची को दूध पिलाने लगती| मीना को सिर्फ सावित्री का ही दूध पिलाया जाता था| सावित्री के भी इतना दूध नही था| क्यूँकि वो तो खुद ही इतनी कमजोर थी| डिलेवरी के बाद न कोई ताकत की चीजे लड्डू घी दूध दिया गया न कोई पोष्टिक भोजन मिलता था|

मीना को भी बोतल से दूध दिया जाता था| इसलिए मीना भूखी ही रह जाती थी तो रोती रहती थी| अम्मा जी कहती अरे ! इसको रोटी खिलाया करो दूध कहाँ से लायें इसके लिये इसका तो पेट भरता ही नहीं| सावित्री ने कहा " अम्मा जी मीना अभी छोटी है रोटी नहीं खा पाती आप मेरे लिये दलिया मँगवा दीजिए" उससे सुना है दूध ज्यादा उतरता है, तो मीना का भी पेट भर जाया करेगा,

अच्छा अब महारानी को भी स्पेशल खाना चाहिये हमारा वंश बड़ाने को कोई बेटे को तो जन्म दिया नहीं है जो तुम्हारी फरमाईश पूरी करें, हमें मत सिखाओ जो मिल रहा है सुख शांति से खाओ|

और सावित्री इतना बड़ा भाषण सुनकर मन मसोस कर रह गई|

आज रघुवीर बहुत खुशी खुशी घर आया था आते ही अम्मा जी को आवाज लगाई अरे अम्मा कहाँ गई जल्दी बाहर आओ देखो तो सही उसके हाथ में अपाइंटमेन्ट लेटर था अम्मा आज तो तुम्हारे बेटे के भाग्य खुल गये| अरे बिटुआ ऐसा क्या मिल गया मुझे बताओ तो सही "अम्मा मेरी सरकारी स्कूल में शिक्षक के पद पर नौकरी लग गई है| ये सब तुम्हारे आर्शिवाद का ही फल है| अम्मा अब हमारी कुछ परेशानियाँ कम हो जायेंगी|

अच्छा भगवान का लाख लाख शुक्र है| मेरा बेटा तो बड़ा भाग्यवान है| ये नौकरी तो तुझको मिलना ही थी|

अम्मा पड़ोसियों को मिठाई खिला देना| हाँ-हाँ क्यूँ नही बेटा अभी जाकर मोहल्ले वालों का मूँह मीठा करवाती हूँ|

अरे राधा ओ राधा कहाँ हो क्या हुआ अम्मा जी आज तो अम्मा जी मिठाई लेकर आई है| हाँ राधा मेरे रघु की सरकारी नौकरी लग गई स्कूल में, लो शीला तुम भी मिठाई खाओ, लो बेटा महेश तुम भी ली लो मिठाई सभी लोग अम्मा जी को बधाई दे रहे थे| तभी दीक्षित जी की मिसेज भी बाहर आ गई| अरे वाह-वाह अम्मा जी आपको बहुत बहुत बधाई हो, आप की पोती मीना है बहुत किस्मत वाली जन्म लेते ही घर में पिता की सरकारी नौकरी लगवा दी|

अरे मिसेज दीक्षित इसमें पोती की काहे कि किस्मत मेरा बेटा रघू तो है ही होनहार और किसमत वाला नौकरी तो उसकी लगनी ही थी| सावित्री भी रघु की सरकारी नौकरी की खबर सुनकर बहुत खुश थी| उसे लग रहा था कि शायद अब अच्छे दिन आ जायेंगे

सावित्री तो दिनरात मीना में ही गुम रहती थी उसकी हंसी , रोना, चलना देख देख कर ही वो खुश होती रहती थी|

जब मीना अपने नन्हे नन्हे पैरो में पायल पहन कर ठूमक ठूमक कर आँगन में चलती तो सवित्री मीना की पायल की छुन छुन में खो जाती थी| उसकी उदासी मीना की हँसी किलकारी से थोड़ी कम हो जाती थी वरना तो दिन भर अम्मा के उलाहने रघुवीर के शब्दों के तीर सावित्री के ह्रदय को छलनी करते रहते थे| उसका मन उनकी बातों से आहत हो जाता था|

जिसका असर उसके मन मस्तिष्क पर पड़ रहा था| क्यूँकि सावित्री अब फिर से माँ बनने वाली थी| अम्मा जी उसको बार बार चेतावनी देती रहती थी|

सावित्री इस बार मुझे पोते का ही मूँह देखना है| अगर इस बार पोता नही दिया तो इसकी जिम्मेदार तू ही होगी| मैं अपने रघु के लिए दूसरी पत्नि ले आऊँगी जो उसे बेटा दे|

ये सब बातें सुन सुनकर सावित्री के अंदर एक अंजाने खौफ पैदा हो गया था| जो सावित्री को अंदर ही अंदर एक दीमक की तरह खोखला करता जा रहा था| वो अब हमेशा खौफ के साऐ में जी रही थी| वह अब गुमसुम और चुप चुप रहने लगी थी| बहुत कमजोर हो गई थी| उसे डर था कि कही इस बार भी बेटी हो गई तो वो अपनी बेटियों को लेकर कहाँ जायेगी वह किस से कहती और क्या कहती बस चुपचाप इस गम में घुले जा रही थी|

बस रात दिन मीना को खुद से चिपकाये रहती जैसे कि उसे डर हो कि मीना को कोई उससे कहीं दूर न करदे कोई नुकसान न पहुँचा दे| सावित्री को न अपने खाने, पीने न सोने की सुध रहती थी| बस एक जगह बैठी देखती सोचती रहती थी

मीना जो अभी बहुत छोटी थी| बस एक उसे ही माँ का बड़ा ख्याल रहता माँ को पानी लाकर पिलाती अगर मीना को सावित्री खाना खिलाती तो वह पहले माँ के मूँह में रोटी का निवाला अपने छोटे छोटे हाथों से देती| अब अम्मा जी तो रात दिन कोसती रहती थी|

है भगवान कहाँ की पागल हमारी किसमत में लिखदी तूने,

महारानी रातदिन बैठी रहती हैं| माँ जी जबरन बर्तन धोने को बिठा देती ले ये बर्तन साफ कर सावित्री धून में बर्तन धोती रहती है| फिर सावित्री झाड़ू

पकड़ा देती तो सावित्री बर्तन ही धोती रहती है| फिर अम्मा जी उसे कपड़े धोने को दे देती तो सावित्री नल पे कपड़े ही धोती रहती|

सावित्री का दिमाग जैसे सुन्न हो गया था किसी से कोई बात नहीं न खुद से कुछ काम का सोच पाती थी| बस अम्मा जी जो काम पकड़ा देती वो ही करती रहती| और मीना उसके साथ-साथ काम में लगी रहती, सावित्री बर्तन धोती और वो उठाकर एक-एक बर्तन जमा कर आती, कपड़े उतार-उतार कर लाती थी|

अब तो अम्मा जी मीना से कहती बैठ रोटी बनाना सीख तेरी माँ तो बहुत धीरे धीरे काम करती है| अभी मीना की उम्र ही क्या थी चूल्हे की आग से रोटी बनाते हुये मीना का कभी [2] हाथ जल जाता तो, अम्मा जी मीना को ही डांटती अरे लड़की मीना तू क्या अंधी है तुझे दिखाई नही देता है क्या ? और मीना अम्मा जी के डर से रोते रोते चुप हो जाती थी|

आज सावित्री की बहुत तबीयत खराब थी मानसिक तो रोगी वो हो ही गई थी शारीरिक रूप से भी इस बार बहुत कमजोर हो गई थी|

आज जब दर्द से कराहने लगी तो अम्मा जी उसको लेकर डिसपेंसरी लेकर पहुँची|

डाक्टरनी ने अम्मा जी से कहा अम्मा जी इस बार तो सावित्री बहुत कमजोर हो गई है| बच्चा भी बहुत कमजोर है|

इस बार ईश्वर ने सावित्री की सुन ली उसने बेटे को जन्म दिया| लेकिन वो इतनी कमजोर थी कि उसके बाद उसे होश ही नही था| कि उसने बेटी को या बेटे को किसको जन्म दिया है|

हाँ लेकिन अम्मा जी और रघुवीर बहुत खुश थे|

मीना भी अपने घर में एक छोटे भाई को देखकर बहुत खुश थी वो बहुत ध्यान रखती थी| उसको रोते हुये देखती तो फौरन पानी लाती माँ से कहती मम्मी देखो न भैय्या रो रहा है| उसके गीले कपड़े बदल देती दादी तो रात-दिन अब मीना के पीछे पड़ी रहती थी| ले मीना अब तू अपनी माँ की ही देखभाल करती रहेगी चल जल्दी से रोटी बनाले तेरी माँ तो किसी काम की नही है|

मीना ने धीरे धीरे सब काम सीख लिये थे इतनी छोटी उम्र में दादी की देखभाल पापा को टिफिन, माँ को दवाई, भाई को दूध, दिन भर जैसे चकरी की तरह लगी रहती थी| और ऊपर से दादी की बातें डांट फटकार अलग सुनने को मिलते थे|

मीना के साथ की सहेलियाँ सब स्कूल जाने लगी थी| मीना का भी बहुत मन करता कि वो भी स्कूल लेकिन मीना को अपने बाबूजी से बहुत डर लगता था| फिर भी उसने एक दिन हिम्मत करके कहा बाबूजी मुझे भी अपने साथ स्कूल ले चला कीजिए, मैं भी पढ़ना चाहती हूँ|

अरे तू स्कूल जायेगी तो ये घर के सारे काम कौन करेगा| तेरी माँ की देखभाल घर का काम, दादी की देखरेख और भाई को भी संभालना है| मीना ने कहा बाबूजी मैं सब काम कर दिया करूँगी सुबह जल्दी उठकर आप फिक्र न करे| बस मुझे पढ़ना है| स्कूल जाने दीजिए| जब दोपहर में माँ और भैय्या सो जायेगे मैं तब आ जाया करूँगी|

अरे रहने दे रघु ये स्कूल जाकर क्या करेगी पढ़ लिख कर इसे कौनसा कलेक्टर बनना है|

मुझसे अकेले कुछ नही होगा दोपहर में भी काम होते है| मेरे पैसे में तेल लगाना हाथ पाँव दवाना, कपड़े धोना लोग आते जाते रहते है दिन भर कौन दरवाजा खोलेगा| मुझसे इतनी भाग दौड़ बिल्कुल नही होगी|

हाँ-हाँ अम्मा जी मैं नहीं ले जा रहा तुम बेफिक्र रहो|

अरे बेटे प्रभात को पढ़ाना ये हमारे घर का कुल दीपक है, ये तुम्हारा पढ़ लिख कर नाम रोशन करेगा| अम्मा जी ने कहा प्रभात को तो मैं अभी से ही ले जाया करूँगा अम्मा जी तुम सही कह रही हो ताकि वो बढ़ा होकर अच्छा होनहार बने|

और दुसरे ही दिन रघुबीर प्रभात को लेकर स्कूल पहुँचा| लेकिन प्रभात तो स्कूल में बैठकर पढ़ने को ही तैयार नही था| क्यूँकि वो दादी का लाड़ला था उसे तो दिन भर गलियों में खेलना था बड़ी मुश्किल से रघुवीर प्रभात को लंच तक रोक पाये और पूरे समय उसी में लगे| वो प्रभात के चक्कर में अपनी कक्षा के छात्रों को भी नहीं पढ़ा पाये|

शाला के प्रधानाध्यापक ने कहा रघुवीर सर आपके बेटे प्रभात से बड़ी तो आपकी बेटी भी है| आपने उसका एडमीशन अभी तक स्कूल में नहीं कराया और न कभी उसको स्कूल में लेकर आये| हम सबने आपसे कई बार बेटी के एडमीशन का भी कहा तो आपने हमेशा ही कोई न कोई बहाना ही बनाया|

रघुबीर सर आप एक शिक्षक हैं| आपकी ये बेटा बेटी में फर्क करना उनकी पढ़ाई के प्रति अलग [2] मानसिकता रखना आपको शोभा नहीं देता जब आप अपनी घर की बेटी को ही नही पढ़ायेगे तो दूसरी लड़कियों के शिक्षा प्राप्त करने हेतु कैसे प्रेरित करंगे| और उनके माता-पिता को कैसे समझायेंगे कि एक बेटी को शिक्षित करने से पूरा परिवार शिक्षित होता है|

वरना मैं नौकरी से हाथ धो बैठूँगा मैंने अपनी बेटी को शिक्षा से दूर रखा मैं अपनी बेटी को शिक्षा से दूर रखा मैं अपने किये पर बहुत शर्मिन्दा हूँ| मुझे माफ कर दीजिए मै अपनी बेटी का कब ही एडमीशन करा दूँगा| उसको खूब पढ़ाऊँगा प्रधानाध्यापक सर ने कहा ठीक है| रघुवीर आप देर आये पर दुरुस्त आये| मैं आपकी शिकायत नहीं भेजूँगा लेकिन कल बेटी को स्कूल जरुर ले

आईये| उसको खूब पढ़ने दीजिए उसको उसके सपनों में रंग भरने दीजिए| उसकी उड़ानों को पंख दीजिये "सर आपकी इस सोच जो कि बेटा-बेटी में फर्क समझती है| बेटे को ज्यादा अहमियत देती है| उसको पढ़ाना जरूरी समझती है| बेटे कुल का दीपक समझती है जबकि बेटियाँ को पराई और बोझ समझती है| आपकी इस सोच ने मुझे शर्मसार कर दिया है पूरे शिक्षक परिवार को शर्मिन्दा किया है मुझे आपकी शिकायत वरिष्ठ कार्यालय में करनी पड़ेगी|

अगर आपने अपनी बेटी को शिक्षा से वंचित रखा तो क्योंकि शिक्षा पर सभी का अधिकार है|

रघुवीर सर प्रधानाध्यापक की बात सुनकर सक पका गये|

प्लीज सर मुझे माफ कर दीजिए| मेरी शिकायत मुझसे कई बार गाँव के लोगो ने आपका उदाहरण देकर अपनी बेटियों को स्कूल भेजने से मना कर दिया था| अरे हेड मास्टर सहाब आपके स्कूल के शिक्षक रघुवीर मास्टर जी भी तो अपनी बेटी को स्कूल नही भेजते तो हम क्यों भेजें अगर नहीं पढ़ाने से कोई फर्क नही पड़ता तो हम भी नही भेज रहे| अपनी बेटियों को आखिर उनकी शादी करके दुसरे घर भेजना है क्यूँ खर्च करे रघुवीर सर आपकी इस बेटा-बेटी में अन्तर के कारण हमारे गाँव हमारी शाला और हम शिक्षकों का नाम खराब हो रहा है| इस बारे में कभी आपने सोचा है| घर सर पर उठा रखा है| बोंल क्या बात है क्यों इतना चीख रहा है|

अरे अम्मा आज तो मेरी नौकरी जाते-जाते बची| अरे नौकरी जाये तेंरे दुश्मनों की ऐसी अशुभ बातें मुँह से क्यों निकाल रहा है अम्मा जो तुम्हारी बेटा-बेटी में फर्क वाली सोच है न जिसके कारण तुमने मीना का स्कूल में एडमीशन नही करवाने दिया कि बेटी तो पराया धन है| उसे तो चूल्हे चौका

ही करना है| उस पर बेकार पैसा क्यों खर्च करें उसको घर का काम करने दो बस तुम्हारी इसी सोच ने आज मेरी नौकरी दाव पर लगा दी थी|

प्रधानाध्यापक सर मेरी शिकायत वरिष्ठ कार्यालय को भेज रहे थे| मैने बड़ी मनुहार की हाथ पाँव जोड़े और मीना को कल से स्कूल भेजने का वादा किया तब जाके बात बनी|

सुनो अम्मा अब कल से मीना स्कूल जायेगी| मैं तुम्हारी अब कोई बात नही सुनूँगा| रघुवीर ने कहा सावित्री तो घर में चुपचाप बैठी रहती है या सोती रहती है| तुम भी दिन में आराम करो| नही कर सकती| दिन भर उस पागल सावित्री को भी झेलना पड़ेगा| अब तो दिन भर चैन की साँस भी नही ले सकती|

लेकिन खैर कोई न आखिर मेरे पोते के भविष्य और बेटे की नौकरी की वजह से बर्दाश्त कर लूँगी| लेकिन मीना से कह देना कि सिर्फ अपनी पढ़ाई में ही न ही लगी रहे| प्रभात का भी ध्यान रखे उसकी पढ़ाई में मदद करे इसी शर्त पर स्कूल भेज रहे हैं| हाँ ठीक है अम्मा मैं मीना को समझा दूँगी|

इतने में मीना भी अन्दर आ गई| क्या दादी मैं स्कूल जाऊँगी पढ़ने| हाँ हाँ लेकिन तुमको प्रभात के करण स्कूल भेज रहे हैं| उसका ख्याल रखना| जी दादी बाबूजी आप दोनों फिक्र न करे मैं घर का माँ का पूरा काम करके ही स्कूल जाऊँगी| और प्रभात का भी पूरा ध्यान रखूँगी बस मुझे स्कूल पढ़ने जाने दीजिये मीना दौड़कर माँ से लिपट गई, माँ माँ सुनो न मै भी कल से स्कूल जाऊँगी| पापा और दादी माँ दोनों ने कह दिया है| मै कल से मैं भी अपनी सहेलियों के साथ शाला जाऊँगी| माँ सुन रही हो न तुम बोलते हुये मीना की आवाज से खुशी झलक रही थी तुम खुश हो न माँ सावित्री बस एक टक मीना को देख रही थी| आँखों से उसकी आँसू बह रहे थे वो बोंल

तो कुछ नही रही थी| लेकिन हाँ ये आँसू आज खुशी के थे क्यूँकि वो मुस्कुरा रही थीं उसकी आँखों की चमक उसकी खुशी का बयान कर रही थी

माँ तुम फिक्र नहीं करना मैं तुम्हारा सब काम करके जाऊँगी| तुम्हे कोई परेशानी नही होगी|

और प्रभात को भी मैं साथ ही लेकर जाऊँगी वो तुमको तंग नही करेगा दूसरे दिन मीना और प्रभात को स्कूल जाना था| मीना की नींद ही रात को नहीं लग रही थी| सुबह भी मीना जल्दी ही उठ गई ताकि घर के सब काम निपटा सके, दादी की भी पूजा करने में मदद की फिर दोनों भं स्कूल के लिए घर से निकल गये आज तो मीना को लग रहा था जैसे उसके पंख लग गये हो तो आसमान में उड़ रही हो, उसे बस ये दुख था कि माँ उसे आज अपने हाथ सर पर रख कर आर्शिवाद देती| लेकिन वो कुछ भी नही बोली थी आजकल वो बोलती ही नहीं थी| डरी सहमी गुमसुम रहती थी| आँखे हमेशा नम रहती थी लेकिन आज आँसू तो आऐ लेकिन खुशी की चमक भी थी आँखो में बस ये सोचकर मीना ने खुद से एक वादा किया मैं पढ़ लिख कर नौकरी करूँगी| में अपनी मम्मी का ईलाज करवाऊँगी उनको उनके हिस्से की सारी खुशियाँ दूँगी| ये सोचते सोचते स्कूल आ गया| मीना ने अपनी आँखों की नमी को छुपाने के लिए आँखे साफ की और एक गहरी हंसी अपने होठों पर सजा ली और जहाँ उसकी सहेलियाँ खड़ी थी उस और चली गई| सभी मोहल्ले की सहेलियाँ, मीना को देखकर खुश हो गयीं अरे मीना तुम भी स्कूल आ गई अब तो बहुत मजा आयेगा हम साथ में ही अब स्कूल आया करेंगे|

मीना जब भी पापा घर में कोई किताब लाते थे| मीना उसको कापी में लिखती पढ़ने की कोशिश करती थी| कभी पापा से तो कभी अपनी सहेलियों से पूछ पूछ कर पढ़ती लिखती थी| इसलिये मीना को हिंदी पढ़ना लिखना आती थी|

स्कूल में भी खूब दिल लगाकर पढ़ाई करती थी|

प्रभात का मन पढ़ाई में कम ही लगता था| स्कूल में भी खेल में ज्यादा ध्यान रहता था| और घर आने के बाद रत तक बाहर ही खेलता रहता था| मीना जब भी पढ़ाने बैठाती तो दादी से शिकायत करता दादी देखो न मुझे खेलने ही नहीं देती| दिन भर स्कूल से पढ़कर आया उन और फिर से दीदी पढ़ने के लिए बैठने का कह रही है| मुझे तो अब नींद आ रही है| और मैने खाना भी नही खाया कौनसी करेले की सब्जी बनाई है मैं भूखा ही सो जाता हूँ|

और ये सब बाते सुनकर दादी अम्मा का दिमाग का पारा बढ़ जाता| वो मीना पर चिल्लाती अरे मीना तूने करेले क्यों बनाये जब प्रभात नही खाता तो| चल अभी दूसरी सब्जी बना वरना मेरा पोता भूखा ही सो जायेगा और पढ़ाने के लिए भी पीछे मत पढा करो आखिर वो इंसान है| खले, खाऐ, सोये नही बस दिन भर पढ़ता ही रहे| मीना कहती जी दादी माँ अभी उसकी पसन्द की सब्जी की बनाती हूँ इधर सावित्री की भी आजकल तबियत ठीक नहीं थी| वो फिर से पेट से थी|

अम्मा जी को तो पोते चाहिये थे|

जबकि सावित्री को खुद का ही कुछ होश नही था| लेकिन बच्चे को जन्म देना तो उसकी जिम्मेदारी थी| पत्नि धर्म निभाना तो उसका कर्तव्य था| इसलिये बेसुध हो कर भी वो अपना फर्ज निभा रही थी और अगर वो मना करना भी चाहती थी तो कैसे मना करती, किस-किस को मना करती और क्या-क्या करती मना करने न कहने का उसे अधिकार ही नही था| हाँ बस इसलिये सास की इच्छा पति की इच्छा पूरी करना पुत्र को जन्म देना ये कर्तव्य निभाना ही उसका धर्म था| वो मानसिक रूप से तो सोच सोच कर सह सह कर इतनी कमजोर हो गई थी कि कि इस बार उसे यह सोचने की

क्षमता डर ही नही था कि उस वो किसको जन्म देगी बेटा होगा या बेटी इसका उसे होश ही नही था|

लेकिन कमजोर इतनी थी कि जिसे उसे शारीरिक पीड़ा बहुत थी|

अरे ये क्या कलमुँही तूने फिर से बेटी को जन्म दे दिया

जैसे ही डाक्टरनी ने आकर बाहर बताया कि सावित्री ने बेटी को जन्म दिया है अम्मा जी ने फौरन छाती पीटना शुरू कर दिया अरे मेरा बेटा कितना बोझ उठायेगा कैसे पालेगा, इन सबका बोझ कैसे उठायेगा, जन्म देती ही माँ बेटी मर जाती तो कुछ तो बोझ कम होता हम कुछ तो सुख चैन की साँस ले पाते|

डाक्टरनी मैडम ने अम्माजी से कहा अम्मा जी आप एक औरत हो फिर भी औरत के लिए कैसी बाते कर रही हो|

आपको पता है कितनी मुश्किल से ये डिलीवरी हुई है| हमने माँ बेटी दोनों को बचाया है कितनी मेहनत लगी है|

एक तो आपने सावित्री की देखभाल नही की उसे पोष्टिक भोजन कुछ भी नही खिलाया फिर भी ईश्वर ने उनको जिन्दगी दी और वो सलामत है|

अब मीना की जिम्मेदारियाँ और बढ़ गई थी वो घर संभाले या अपनी पढ़ाई पर ध्यान दे या अपनी माँ और बहन भाईयों का ध्यान रखे|

और इधर दादी के ताने "अरे मीना मर गई के कब तक अपनी माँ से चिपकी रहेगी तेरे पिताजी को देर हो रही है|

जल्दी से खाना बना और डब्बा खाने का पापा को दे मुझे भी नाश्ता लाके दे और एक गिलास दूध भी देना, एक गिलास प्रभात को भी देना|

और हाँ ये दूध इतना कम क्यूँ है दादी वो माँ दूध नही पिला पा रही थी छोटी गुड़िया को दूध बाटल से पिला दिया था| वो रो रही थी|

अरे तुझे बस अपनी माँ और बहन की फिक्र रहती है चाहे हम सब भूखे रह जाऐ| खबरदार आइंदा ध्यान रखना जब हम लोगो को देने के बाद बच जाए तब ही देना समझी कि नही|

मीना के आँसू आ गये ये कैसा न्याय है मेरा और मेरी माँ बहन का कोई भी अधिकार नही है क्या किसी भी चीज पर हमारा कोई हक नही ये पापाऔर दादी हमको इंसान नही समझती क्या हम दोनों बेटियाँ भी तो पापा की औलाद है| मेरी माँ भी उनकी पत्नी है| फिर पापा हम लोगों के बारे में क्यूँ नही सोचते|

मीना की आँख में आँसू आ गये लेकिन वो मूँह से कुछ भी नहीं बोली, वरना दादी रात तक चिल्ला चिल्ला कर पूरा घर और मोहल्ला सर पे उठा लेती| और फिर पापा से कहती तो वो भी माँ और हम दोनों बहनों को ही कोसते इसलिये मीना चुपचाप रही| मीना को अपनी माँ और बहन की संभालना होता था| इसलिए अब मीना को स्कूल से छुट्टी करना पडती थी|

प्रभात अब स्कूल कम ही जाता था| घर से स्कूल का कहकर जाता लेकिन स्कूल से बाहर गाँव में बच्चों के साथ खेलता रहता था| बसता छुपा देता था| शाम स्कूल के टाईम से ही घर आ जाता था मीना तो घर पर ही अपनी सहेलियों से कापी ले कर रात को अपनी पढ़ाई पूरी करके सोती थी| प्रभात रात को भी पढ़ाई नही करता था|

मीना तो पढ़ाई करती रहती थी इसलिये वो अच्छे नंबरों से पास हो गई लेकिन प्रभात फेल हो गया| दादी ने मीना को बहुत डांटा, "मीना तूने भाई की फिक्र नही की तेरी वजह से ही वो फेल हो गया| खुद अकेले ही पढ़ती रही उसे क्यूँ नहीं पढ़ाया|

"अरे दादी मैं तो उससे रोज कहती थी कि प्रभात आओ मैं होमवर्क करा दूँ तो वो कहता उसने सब होमवर्क कर लिया और सो जाता था और कभी कहता कि मोबाइल से पढ़ाई कर रहा है| और मोबाइल चलाता रहता था|

दादी आपने ही पापा से कहकर उसे मोबाइल चलाता रहता था| दादी अपने ही पापा से कहकर उसे मोबाइल दिलवाया था| कि प्रभात मोबाइल से पढ़ेगा| लेकिन जब से मोबाइल लिया है| रातदिन गेम ही खेलता रहता है| अरे तो क्या मतलब है तेरा कि वो ज्यादा नालेज नही प्राप्त करे, दादी ने कहा वो तो तेरी वजह से ही फेल हुआ है| क्यूँकि तूने ध्यान ही नहीं दिया नहीं तो ऐसे कैसे प्रभात फैल हो जाता| मीना चुपचाप अब दादी को देख रही थी कि कोई तो ऐसी बात होती कि जिसमे उसकी कोई गलती नही होती|

लेकिन फिर आज भी वो अपनी आँखों की नमी को चुनरी के पल्लू से पोंछ कर बोली " हाँ दादी इस बार मैं पूरा ध्यान रखूँगी प्रभात का हाँ हाँ रखना ही पड़ेगा उसका पढ़ना बहुत जरूरी है वो हमारे कुल का चिराग है हमारे कुल का नाम वो ही तो रोशन करेगा|

मीना अब प्रभात के पीछे पढ़ी रहती पढ़ने के लिए कहती उसका होमवर्क पूरा करवाती तभी उसको खेलने के लिये जाने देती|

अब आजकल दादी भी बीमार हो गई थी तो माँ बहन के साथ साथ दादी का ध्यान रखना पापा को हर चीज टाईम पे देना ऐसा लगता ता जैसे मीना कोई मशीन हो|

और रहे सहे मीना की माँ की तबीयत और ज्यादा खराब हो गई थी| उन्हें जल्दी जल्दी अस्पताल में एडमिट किया| डाक्टरनी जी बहुत नाराज थी क्यूँकि सावित्री को खून की बहुत कमी थी| डाक्टरनी ने साफ कह दिया था| इनका आपरेशन बच्चे बंद करने का भी करेंगे

क्यूँकि तुम लोग तो इनको इंसान ही नही समझ रहे हो| न ये कुछ बोल पाती है न समझ पाती है| लेकिन रघुवीर सर आप कैसे इंसान हो कि उस पर भी आप को अपनी इच्छाऐ उसके साथ पूरी करना है| आपकी माँ को एक पोता और चाहिये था उन्हें तो अपने पोते की जोड़ बनाना थी| भले ही किसी कि जान चली जाऐ लेकिन किसी की पीड़ा का आप लोगों को कोई प्रवाह नही है आप लोग सावित्री की जिन्दगी से खेल रहे हो आप रघुवीर सर आपकी माँ की इच्छा पूरी हो गई सावित्री ने एक बेटे को जन्म दिया है| धन्यवाद डाक्टरनी जी आज मेरी माँ की इच्छा पूरी हुई मै वादा करता हूँ कि अब कोई गलती नही होगी ठीक है ठीक है अब जाओ और सावित्री की देखभाल करो उसका पूरा ध्यान रखना मीना भी बहुत खुश थी एक और छोटा भाई घर में आ गया था दादी ने उसका नाम प्रशांत रखा था दादी की खुशी का तो ठिकाना नहीं था| प्रशांत को लिए बैठे रहती थी कहती थी मेरी इच्छा अब पूरी हो गई है|

फिर एक दिन अम्मा जी की बहुत तबियत खराब हो गई अस्पताल में एडमिट करवाया लेकिन अम्मा जी 4 दिन में ही भगवान को प्यारी हो गई| रघुविर बहुत रोया उसके लिए उसकी माँ ही सब कुछ थी| मीना भी रोई उसे भी बहुत दुख हुआ था| भले ही वो कितना भी डाँटतीं थी| लेकिन उनके न होने पर पूरा घर सुनसान हो गया था अब घर में कौन था जो बोलता पापा तो सुबह ही चले जाते थे| मम्मी कुछ बोलती ही नही थी| दादी के जाने के बाद मीना बहुत अकेली हो गई थी तीन ^{2} छोटे बहन भाई की अकेले देखभाल फिर घर का काम जब रघुवीर ने देखा की मीना अकेले बहुत परेशान हो जाती है| आखिर अभी उनकी इतनी ज्यादा उम्र भी नही थी जो इतनी जिम्मेदारियाँ उठाये|

फिर रघुवीर ने अपने भाई से बात की जिसकी शादी सावित्री की छोटी बहन ललिता से हुई थी| उन दोनों के कोई औलाद नही थी अम्माजी कई बार

अपने छोटे बेटे बहु से कह चुकी थी कि तुम दोनों रघुवीर के बच्चों को गोद लेलो ताकि तुम्हारा आँगन भी बच्चों की किलकारियों से भर जाये घर के बच्चे घर में ही रहेगे रघुवीर की इतनी इनकम भी नही है| भगवान ने रणवीर तुमको पैसा दिया है| तुम अच्छे से बच्चो की परवरिश कर लोगे रघुवीर से भी कहती कि बच्चे रणवीर को दे दो| रघुवीर ने आज अम्मा जी की तेरहवी में रणवीर और ललिता आये तो माँ की इच्छा दोहराई रणवीर ललिता को ये पहले ही मालूम था उन दोनों की शुरू से ही ये इच्छा थी| लेकिन कभी खुलकर नहीं कह पाए थे| आज जब रघुवीर ने कहा तो दोनों खुशी [2] राजी हो गये| उन्होने बड़ा बेटा प्रभात और छोटी बेटी को ले लिया| रघुवीर भैय्या आपका हम पर हमेशा उपकार रहेगा हम जीवन भर आपके ऋणी रहेंगे| आपने हमारा आँगन खुशियो से भर दिया है| भैय्या हम दोनों बच्चों की परवरिश बहुत लाड़ प्यार से करेंगे हमारा जो भी कुछ है सब इन दोनों का ही होगा दोनों बहन भाई छोटे थे खुशी खुशी मौसी के साथ जाने को तैयार हो गये थे| सावित्री को तो कुछ ख्याल ही नही था बस कभी [2] ढूँढती थी| दोनों बच्चो को कभी अंदर कभी बाहर देखती मीना समझ जाती वो माँ को समझाती मम्मी दोनों मौसी के घर गये है| मीना को भी दोनों बहन भाईयों को याद करती थी धीरे धीरे उनसे मिलना कम हो गया था| फिर मीना भी अपनी पढ़ाई भाई, माँ पिताजी की देखभाल में व्यस्त रहती|

मीना ने हाई स्कूल की परीक्षा पास करली थी| भाई ने भी आठवी की परीक्षा पास कर ली थी| मीना अब आगे की पढ़ाई के बारे में सोच रही थी कि एक दिन एक रिश्ते की भाभी और भैय्या मीना के घर आये तो बातों ही बातों में उन्होंने बताया कि भाभी तुम्हारी टीचर ट्रेंनिग के लिए जा रही है| अगर तुम भी मीना टीचर ट्रेनिंग कर लो तो तुम भी टीचर बन सकती हो| रघुवीर को भी ये बात राजी हो गये कि अगर ट्रेनिंग के बाद सरकारी नौकरी लग जायेगी तो इससे बड़ी और क्या बात हो सकती है| मीना जब भाभी के साथ आई तो

पता चला कि भाभी को ट्रेनिंग करनी थी तो बच्चों को रखने के लिये वो मीना को लेकर आई थी| लेकिन मीना को टाईपिंग कम्प्यूटर सीखना था| क्यूँकि उसे तो कोई बड़े से आफिस में नौकरी करना था उसने भाभी से कहा भाभी मैं घर का पूरा काम कर लूँगी बच्चों को भी संभाल लूँगी शाम को जब आप घर आ जायेगी तब में टाईपिंग और कम्प्यूटर क्लास ज्वाईन करना चाहती हूँ| मैं टाईपिंग और कम्प्यूटर कोर्स करके आफिस में नौकरी करना चाहती हूँ| मुझे टीचर नही बनना है| भाभी सुनीता ने कहा ठीक है कल से तुम कम्प्यूटर कोर्स और टाईपिंग सिखने चली जाना| जब मैं आफिस मीना खुशी से भाभी के गले लग गई भाभी आप बहुत अच्छी हैं| मैं आपके लिए गरमा गरम चाय और पकोड़े बनाकर लाती हूँ|

मीना सुबह से उठाकर घर का सारा काम निपटाटी बच्चों को नाश्ता कराती भैय्या भाभी को लंच बनाकर देती| उसके बाद दोपहर को कपड़े धोना घर की साफ सफाई करती फिर पढ़ने बैठ जाती फिर शाम को 4 बजे जब भाभी आ जाती तो मीना कंप्यूटर क्लास चली जाती थी| मीना का दिमाग बहुत तेज था उसने जल्दी ही कोर्स पूरा कर लिया और नौकरी के लिए एप्लाई भी कर दिया|

यहाँ मीना की किस्मत ने भी साथ निभाया मीना हिंदी इंगलिश टाईपिंग में पास हो गई| और मीना की नौकरी भी लग गई|

मीना आज भी बहुत खुश थी| पहली बार जब वो स्कूल गई थी उस दिन और आज जब उसकी नौकरी लग गई थी| आज तो उसे लग रहा था जैसे उसे दुनिया की सारी दौलत खुशियाँ मिल गई हो| मीना ने जाकर अपनी माँ को अपना अपाइंटमेंट लेटर दिखाया| माँ देखो आज आपकी मीना को नौकरी मिल गई| माँ आज आप जीत गई आपने बेटी को जन्म दिया था तब बहुत ताने सुने थे लेकिन आज मैने साबित कर दिया कि बेटियाँ भी माँ बाप

का नाम रोशन करती हैं| मीना की आँखों में भी खुशी झलक रही थी| आज वो बोली थी मेरी बेटी मीना और मीना खुशी से झूम उठी और अपनी माँ के गले लग गई| आज मीना के पापा भी बहुत खुश थे|

लेकिन थोड़े शर्मिन्दा भी थे क्यूँकि पहले वो मीना को पढ़ाने को राजी नही थे उन्होंने मीना के सिर पर हाथ फेरा उनकी आँखे भी ख़ुशी से नम हो गई थी| भाई प्रशांत भी आज बहुत खुश था| दीदी जब आपकी सैलरी मिलेगी मुझे मेरी पसंद का गिफ्ट दिलाना , हाँ-हाँ जरूर दिलाऊँगी मेरे प्यारे भैय्या को उसकी पसंद का गिफ्ट वो जो चाहेगा|

आज मीना का आफिस में पहला दिन था| आज मीना दिल से खूब अच्छे से तैयार हुई थी| आज उसने ग्रीन कलर का सूत पहना था उससे मेचिंग ज्वेलरी उसी कलर का नेल पेण्ट लगाया, माथे पर छोटी सी ग्रीन बिन्दी लगाई आँखो में काजल लगाना मीना को बहुत पसंद था तो काजल लगाकर आईने में खुद को निहारा आज उसे खुद की छवि सच में बहुत प्यारी लगी थी| होठों पर लाईट पिंक कलर की लिपिस्टिक लगी थी लेकिन सबसे सुंदर तो उसके होठों की मुस्कान थी| जो उसकी खूबसूरती में चार चाँद लगा रही थी|

और कहते है कि जब इंसान का दिल खूबसूरत होता है तो उसकी खूबसूरती उसके चेहरे पर झलकती है| मीना का दिल बहुत नर्म बहुत खूबसूरत था| वो हर एक की मदद करने को हमेशा तैयार रहती थी| आज जब आफिस आई तो सभी आफिस के लोग मीना से मिलकर बहुत खुश हुए| हमेशा हर एक से बहुत नम्रता से बात करती थी| हर एक की मदद करती| उसने आफिस में सभी का दिल जीत लिया था|

रघुवीर को अब मीना की शादी की फिक्र थी कि कोई अच्छा सरकारी नौकरी करने वाला लड़का मिल जाये तो मीना के हाथ पीले कर दूँ रघुवीर

के स्कूल के टीचर अपने साले के लिये कब से शादी का कह रहे थे| लेकिन रघुवीर को मदन को मीना के लिए शादी के लिए 10 साल का उम्र में अन्तर होने के कारण मना कर दिया था| उन्होंने मदन के छोटे भाई मोहन का भी रिश्ता मीना के लिये दिया था| लेकिन मोहन कोई जॉब नहीं करता था| इसलिये मीना ने उससे शादी के लिये इंकार कर दिया था|

मदन ने कोशिश करके मीना के आफिस में ही ट्रांस्फर ले लिया था जब मदन की माँ मीना के लिए फिर रिश्ता लेकर आई कि अब मेरा बेटा भी इसी शहर में मीना के आफिस में ही आ गया| ये दोनों के लिए बहुत अच्छा रहेगा| अब रघुवीर भी शादी के लिए राजी हो गया| मीना ने मदन से कभी आफिस में बात नही की थी न मिली थी क्यूँकि मदन अलग बिल्डिंग में दूसरे सेक्शन में था|

एक दिन मीना की भाभी का फोन आया कि मीना मदन तुमसे मिलना चाहता है| मीना ने कहा नहीं भाभी मैं नहीं मिल सकती मैं अकेले कैसे जाऊँगी|

भाभी ने कहा "अरे मीना तू इतना क्यूँ घबरा रही है| मैं तुम्हारे साथ जाऊँगी न मैं जब तक वहीं बाहर रहूँगी तुम काफी हाऊस में मिलकर बात कर लेना फिर मैं तुमको लेकर साथ ही आऊँगी| तुम भी मदन से मिलकर बात करोगी तो मदन के स्वभाव को जान सकोगी|

शादी जिन्दगी का सबसे बड़ा फेंसला होता हैं| तुम भी मदन से मिलकर सोच समझकर फैसला लो अच्छा लगे तो ही हाँ कहना| मीना मदन से मिलने को राजी हो गई लेकिन भाभी से बोली आप भाभी काफी हाउस के सामने स्टाप पर ही रहना|

मीना भाभी के साथ काफी हाउस पहुँची पहले स्टाफ पे ही मदन का इंतेजार किया भाभी ने कहा इसी स्टाफ का तो था लेकिन मदन तो दिख नही रहा| वो

दोनों 15 मिनट तक स्टाफ पर रुकी जैसे ही वापिस जाने के लिए ऑटो को रोका ही था कि मदन आ गया आप लोग टाईम पर आई नही थी इसलिये मैं चला गया था| मुझे लगा नही अओगी| भाभी ने कहा हाँ बस लेट हो गई थी इसी कारण हम लोग लेट हो गये| आप दोनों बात कीजिए सामने काफी हाउस में बैठकर मैं चलती हूँ| मदन ने मीना से कहा आओ सामने ये काफी हाउस में बैठकर बात करते हैं| मीना मदन के साथ काफी होसे चली गई| भाभी स्टाफ के पास ही पार्क में बैठ गई|

आज मीना पिंक ओए व्हाईट कलर पटियाला सूत पहन रखा था| जो उसपर बहुत जँच रहा था| मदन मीना को एकटक देखता रहा था| बोलती हुई मुस्कुराती आँखे खूबसूरत चेहरा होठों पर मुस्कान जो हमेशा मीना अपने होठों पर सजाऐ रखती थी| मदन ने कहा "मीना तुम बहुत सुन्दर हो| आज तो गजब ढा रही हो| मीना ने अपनी नजरे जमीं में गड़ाली थी| मदन बोला मीना बोलो तुम क्या खाओगी अरे कुछ नही रहने दीजिए अरे ऐसे कैसे कुछ नही मुझे भी तो तुम्हारे साथ खाना है| मदन ने 2 मसाला डोसा का आर्डर दिया साथ में काफी का भी आर्डर किया|

फिर मीना से बोला मीणा तुम खुश हो न इस शादी से| अगले महीने हमारी सगाई है जी मेरे पापा मम्मी सबकी ही मर्जी है तो सब अच्छा ही होगा| अच्छा मतलब तुम्हारी मर्जी नही है| मीना ने कहा नही ऐसा नहीं है|

तभी डोसा आ गया मदन ने मीना के आगे करदी लो मीना टेस्ट करो| यहाँ का डोसा बहुत टेस्टी है कैसा है खाकर बताओ मीणा ने डोसा टेस्ट करके कहा बहुत ही टेस्टी है|

काफी का घूँट सिप करके मीना ने कहा सच में बहुत ही अच्छी है काफी है अच्छा अब मैं चलूँ घर जल्दी जाना है मम्मी इंतेजार कर रही होगी|

तभी वेटर बिल लेकर टेबल पर आ गया| मदन ने जेब में डाला अरे मेरा, शायद घर पर ही रह गया था कहीं गिर गया| मीना ने कहा कोई बात नहीं रहने दीजिए बिल का मैं पेमेन्ट कर देती हूँ और बेग से पैसे निकाल कर पेमेन्ट कर दिया|

मदन ने कहा अरे मीना मुझे अच्छा नही लग रहा पहली ही बार मिले और तुम पेमेन्ट कर रही हो पता नही कहाँ छुट गया वालेट जी कोई बात नहीं है मीना ने कहा अब मैं चलती हूँ| कहकर मीना जल्दी जल्दी स्टाप पर आ गई| भाभी इंतेजार कर रही थी| मीना ने जल्दी से आटो रोका और दोनों ऑटो में बैठ गई| भाभी ने पूछा कैसा लगा मदन ?

हाँ भाभी ठीक है घर वालों ने पसन्द किया है तो ठीक ही है मैं तो आज पहली ही बार मिली हूँ फिर थोड़े दिन के बाद मदन का मीना के पास फोन आया कि मीना मेरी भांजी रेखा जो तुम्हारी शेली है मेरे घर आई हुई है तुमसे मिलना चाह रही है| अगर तुम उससे मिलने मेरे घर आ जाओ तो वो खुश हो जायेगी कल से तुम्हे घर बुलाने का कह रही है| बहुत जिद कर रही है तुमसे मिलने के लिए| मीना ने कहा आप उसे मेरे घर भेज दीजिए| अरे वो कह रही है कि यहीं बुलादो तुम्ही आ जाओ

मीना मीना ने कहा ठीक है| मैं कोशिश करती हूँ| मम्मी से पूछती हूँ| फिर मीना मम्मी से पूछकर मदन के घर पहुँच गई दरवाजा खुला हुआ था| मीना ने रेखा को आवाज लगाई| रेखा , रेखा कहाँ हो| लेकिन रेखा का कोई जवाब नही आया| उसी समय मदन अंदर आ गया मैं नहा रहा था| मीना ने कहा और रेखा कहाँ है मदन हँसने लगा रेखा नही है वो तो मेरा दिल तुमसे मिलने को चाह रहा था| अगर मैं रेखा का नहीं कहता तो तुम थोड़ी आती इसलिए रेखा का नाम लिया था|

मीना ने कहा अब मैं घर जा रही हूँ| मदन ने कहा अरे मीना बैठो ये तुम्हारा ही घर है| अब हमारी सगाई होने वाली है|

मदन ने मीना का हाथ पकड़कर बिठाना चाहा लेकिन मीना हाथ छुड़ाकर बाहर आ गई| नही मुझे घर जाना है मैं अकेली नही रुक सकती यहाँ ये कहकर मीना बाहर आ गई मदन पीछे से आवाज देता रहा अरे मीना सुनो तो सही थोड़ी देर के लिए ही रुक जाओ लेकिन मीना ने कहा जवाब नही दिया| मीना को मदन की ये बात अच्छी नही लगी थी| लेकिन सगाई की तारीख फिक्स हो गई थी| इसलिये मीना से ये बात किसी से नही की| मीना के आफिस वालों की सगाई मदन से होने वाली है नही पता था| किसी ने कभी भी मीना मदन को साथ में बात करते हुये कभी देखा ही नहीं था| आज मीना की सगाई थी मीना की माँ , पापा , भाई अब बहुत खुश हो मीना की माँ अब थोडा बोलने समझने लगी थी वो तो बहुत ही खुश थी| मीना की सगाई के लिये मीना की सास नंदे , जेठ जेठानी और मदन सब लोग आये खुशी [2] सगाई की रस्म हो गई और एक माह बाद का शादी का मुर्हत भी निकल आया|

शादी हर लड़की का सपना होता है मीना ने भी कई ख्वाब आँखों में संजाये थे| कि उसका अपना घर होगा एक चाहने वाला पति होगा जो उसको बहुत प्यार करेगा उसे घुमायेगा फिरायेगा , वो नये [2] कपड़े जेवर पहनेगी नई [2] जगह घुमने जायेगी ये सब सोचकर मीना भी बहुत खुश थी सगाई के बाद जब मीना आफिस गई तो सभी को पता चल गया था कि मीना की सगाई मदन से हुई है| सभी ने दवी जवान में मीना से कहा अरे मीना से कहा अरे मीना मदन से सगाई हुई है पहले एक बार हम लोगों को बताना तो था|

मीना की सहेली ने मीना को बताया मीना मदन अच्छा इंसान नही है| कई लड़कियों से उसका अफेयर था हमने सूना है|और पैसों के मामले में भी फ्राड

और लालची है| वो तेरे लायक नहीं है| मीना ने जब सूना तो अफसोस तो बहुत हुआ लेकिन मीना के सामने माँ पापा और रिश्तेदारों के चेहरे पर जो खुशी सगाई के दिन दिख रही थी उसका ख्याल आशा कि अगर मैने शादी से इनकार कर दिया तो पापा सबको क्या मुँह दिखायेगे समाज में उनकी नाक नीची हो जायेगी लोग हजार तरह की बाते बनायेंगे कि मीना की सगाई टूट गई फिर कौन शादी करेगा ?

मीना ने ये सब सोचकर चुप चाप अपनी जुबान बंद रखी किसी से कुछ भी नहीं कहा|

आखिर शादी का दिन आ ही गया मदन के बारे में इतना सुन लिया था कि मदन को लेकर मीना के मन में एक अजीब सी कशमकश और अंजाना शा डर था| लेकिन माँ बाप की बदनामी न हो इसलिए उसने शादी मदन से करने का निश्चय कर लिया था इसलिये वो दिल दिमाग से पूरी तरह शादी को तैयार थी| शादी की रस्मे निभाई गई और मीना शादी होकर अपनी ससुराल आ गई|

जैसे कि शादी में लड़कियाँ अपने कमरे अपने बेड को लेकर बहुत एक्साईटेड होती है क्योंकि उनका कमरा उनके सपनों का महल होता है| जिससे उनकी जिंदगी की नई शुरुआत होती है|

लड़कियों की आँखो में कई ख्वाब सजे रहते हैं कि उनके सुहागरात का कमरा गुलाबो, मोगरो की खुशबू से महक रहा होगा जहाँ सिर्फ प्यार ही प्यार और मदहोशी का आलम होगा| लेकिन मीना के लिए तो यहाँ ऐसा कोई सरप्राइज नही था|

मीना को जिस कमरे में उतारा गया वो बिल्कुल पीछे की तरफ एक छोटा सा कमरा था| जिसमें न तो कोई खिड़की थी न ही कोई रोशनदान था| सिर्फ एक

बेड बिछा हुआ था| कमरा भी इतना छोटा था कि अंदर घुसते ही बेड पर ही पैर रखना पड़ा|

उस कमरे में न कोई सजावट थी| न कोई उसकी पुताई हुई थी| गुलाबों की महक का तो सवाल ही नही था| बड़ी नन्द और जेठानी मीना को कमरे में बिठाकर चली गई| वैसे भी रात बहुत हो गई थी| शादी की रस्म रिवाजों से धूम धमाको ने मीना को पहले ही बहुत थका दिया था| रहा सहा उत्साह कमरे को देखकर ठंडा हो गया|

मीना ने भारी ज्वेलरी उतारी और बाल खोलकर लेट गई| मीना की कब आँख लग गई उसे पता ही नहीं चला सुबह सुबह दरवाजा खोला तो सामने जेठानी खड़ी थी| अरे मीना क्या रात भर सोई नही क्या| और मदन उठ गया क्या मदन कहाँ है ?

भाभी मुझे नहीं पता मैं तो सो गई थी वो तो नही आये|

अच्छा तो देवर जी दोस्तों के साथ पार्टी कर रहे थे| कुछ ज्यादा ही पी ली होगी तो वहीं लुढ़क गये होगे|

अच्छा अब तुम तो जल्दी से तैयार होकर बाहर आ जाओ मोहल्ले की औरते तुम्हारी मुँह दिखाई के लिए आई है| जी भाभी मै अभी आई भाभी मुझे नहाना है| बाथरूम कहाँ है ?

बाथरूम वो बाहर सामने आँगन में है मीना अपने कपड़े लेकर बाथरूम में गई तो बाथरूम में गेट ही नही था| एक परदा डला था| मीना को बड़ा अजीब लगा कि इसमें वो कैसे नहायेगी सामने ही सब लोग बैठे हैं कहीं परदा उड़ गया तो ये सोचकर ही मीना बाहर आ गई|

जेठानी ने कहा अरे मीना इतनी जल्दी नहाली नही भाभी मैने नहाया नही क्यूँकि बाथरूम में गेट तो हे नही|

अरे तो परदे को बांधकर नहालो, नहाना तो यही पड़ेगा ये एक ही तो बाथरूम है वरना कहाँ नहाओगी| मीना न चाहते हुये भी परदा बाँधकर जल्दी जल्दी नहाकर शर्माती हुई घूँघट कर के बाहर आ गई सामने ही सब बैठे थे| जेठजी बड़े गौर से देख रहे थे|

मीना कमरे में आकर तैयार हुई फिर बरामदे में आ गई| मीना ने पिच कलर की बनारसी साड़ी फनी थी उस पर व्हाईट पर्ल का सेट मेच करते हुये कंगन चूड़ियाँ पहनी थी| मीना बहुत ही सुन्दर लग रही थी| सभी लोग मीना की तारीफ कर रहे थे| और मदन को बधाई देते हुये कह रहे थे अरे वाह मदन बड़ी सुन्दर पत्नि मिली है तुम्हारी तो किस्मत ही खुल गई और सूना है कि पढ़ी लिखी भी है शहर में आफिस में नौकरी करती है| ये तो सोने पे सुहागा है सास भी मीना को देखकर बोली हाँ अब हाथ बरताई है| देखे खाना बनाना आता है कि नही|

हाथ बरताई में मीना ने मिक्स सब्जी पुड़ी और खीर बनाई मीना के बनाऐ हुये खाने की सभी ने खूब तारीफे की और जेठजी ससुर और सास ने तो ये ऐलान ही कर दिया कि मीना ही खाना बनायेगी मीना के हाथ में तो गजब का स्वाद है|

मीना सुबह से जो रसोई में जाती तो चाय नाश्ता फिर खाना हर एक को चूल्हे की गर्म-गर्म रोटी परोसते परोसते उसे 3 बज जाते फिर वो उल्टा सीधा खुद खाती उसके बाद कमरे में जाकर आराम करने की परमीशन किसी को नही थी| वही बरामदे में चटाई पर सब बैठकर कभी गेहूँ तो कभी कोई डाल चावल साफ करते रहते| मीना थककर चूर हो जाती| फेमिली में सब इकट्ठे रहते थे तो कुल मिलाकर 25-30 इंसान थे| जेठानी भी मदद करती थी लेकिन खाने की जिम्मेदारी तो मीना की थी उस पर सास की अलग ही दवदवा था| क्या मजाल कि कोई मूँह खोल के किसी बात को मना करदे|

एक जेठानी जो पास ही रहती थी| एक दिन सुबह आने में देर हो गई तो अम्मा जी ऐसी चिल्लाई उनके आने पर कि ये कोई टाईम है| आने का अम्माजी में इनके कपड़े प्रेसकरके देने लगी ये नहा रहे थे मैं नहाई तो देर हो गई| अम्मा जी ने इतनी तेज एक तमाचा उनके मूँह पर मारा मुझे जवाब देती है| तेरी हिम्मत कैसे हुई तमाचा गाल पर पड़ते ही जेठानी का सर दीवार से टकराया तो खून बहने लगा| लेकिन सब देखते रहे कोई कुछ भी नहीं बोला मीना किचिन में थी उसने जब देवरानी से पूछा तो उसने बताया ये सब सुनकर मीना को बड़ा अजीब लगा कि ये कैसे लोग है| जेठ जी ने भी कुछ नही कहा कि उनकी पत्नि को इतना खून निकल रहा है| उनको कहना चाहिये था कि अम्मा जी मेरी गलती है| मैने ही देर करा दी थी| पर क्या मजाल कि बेटे अम्मा जी की किसी बात को न करदे या कुछ कहदे| बस उनकी हाँ में हाँ सब मिलाते थे| वो जो कहदे वो पत्थर की लकीर होती|

देवरानी ने जब बताया कि अम्मा हाथ छुट है किसी को भी मार देती है तो मीना को बहुत गुस्सा आया थोड़ा दरी भी| लेकिन उसने हिम्मत करके देवरानी से कहा लेकिन देखो रीता ये बात तो गलत है मरने पीटने वाली|

अगर किसी से कोई गलती हो जाऐ तो पहले उसे समझाना चाहिये| और मैने तो कभी किसी की मार नही खाई| अगर किसी ने मुझ पर हाथ उठाया तो मैं भी उसको उसी समय जो भी मेरे हाथ में या आसपास होगा मार दूँगी चाहे वो फिर कोई भी हो| देवरानी हँसने लगी अच्छा सच में भाभी| हाँ बिलकुल मीना ने कहा पहली बात तो मैं कोई गलती नही करूँगी जान बुझ कर कोई ऐसा काम नही करूँगी अगर कुछ कभी गलती से हो भी जाएगा तो माफी माँग लूँगी लेकिन किसी की मार कभी नही खाऊँगी|

आखिर मैं एक पढ़ी लिखी महिला हूँ| मुझे अपने सब अधिकार मालूम है| और कर्तव्य भी सब जानती हूँ वो भी सब निभाऊँगी|

धीरे-धीरे मीना की छुट्टियाँ खत्म हो गई उसे आफिस में ज्वाईन करली लेकिन उसको गाँव से रोजाना अप डाऊन करना पड़ता था| घर के सारे काम निपटाती खाना बनाती फिर दोनों के टिफिन लगाती तो उसे रोज डर हो जाती मीना को मदन छोड़कर ही चला जाता फिर मीना दूसरी वाली ट्रेन से आफिस जाती तो अब मीना को रोजाना लेट हो जाता था| आफिस पहुँचती तो सही से न तो तैयार हो पाती न कपड़े सही पहन पाती थी हाथो में कभी आटा लगा रह जाता था और जब घर आती तो रात ही हो जाती| सास का लेक्चर शुरू हो जाता महारानी है मेडम जो है उनके लिये खाना बनाकर रखना पड़ता है मीना इतने ताने सुनती तो भूखी ही सो जाती थी आफिस में अलग आफिसर और साथ वाले कहते मीना कितना काम पेंडिग हो गया है|

मीना अब मनसिक रूप से बहुत परेशान रहने लगी थी क्योंकि उसे मदन का तो कोई सर्पोट ही नही था| वो तो बस रात को ही मिलता , बस अपना काम निकाला फिर मीना कुछ भी कहती रहती कोई जवाब नही देता था| कभी² वो रात को भी नहीं आता था अम्मा जी रोजाना चिल्लाती अब इतनी देर में आ रही हो कहाँ चली जाती हो आफिस तो 5 बजे बंद हो जाता है वो अम्मा जी ट्रेन ही लेट हो गई थी अरे हमे मत बताओ सब जानते है हम|

मीना रोज रोज के तानों से परेशान रहने लगी थी| खाना भी नही खाते बनता था| उलटियाँ होती रहती थी और एक दिन तो मीना स्टेशन पर ही चक्कर खा कर गिर गई|

वो तो ये अच्छा था कि उसकी उस दिन साथ ही था| वो फौरन उसको डॉ. के पास लेकर गई| चैकअप करके डॉक्टरनी ने बताया कि मीना प्रगनेंट है| इसको आराम की और पौष्टिक खाने की जरूरत है| ये बहुत कमजोर है| इसको सफर भी नही करना चाहिये| कहीं भी चक्कर आ सकते है| मीना की सहेली सुहानी उसको अपने घर ले गई मदन को फोन करके बताया कि मदन

मीना की तबियत ठीक नही है तुम आ जाओ मदन ने कहा वो तो शहर से बाहर है परसों तक ही आ पायेगा।

फिर तीसरे दिन मीना को देखने मदन पहुँचा सुनकर कि ख़ुशी नही हुई। और न इस बात पर दुख हुआ कि मीना मरते मरते बची हैं।

सुहानी ने कहा मदन सर डाक्टर ने अभी मीना को सफर करने को मना किया है। अरे डॉक्टर तो ऐसे ही हर काम को मना कर देते है। मैं आराम से ले जाऊँगा तुम फिक्र नही करो। चलो मीना उठो और मीना चुपचाप तैयार हो गई चलने को और मदन मीना को लेकर गाँव चली गई। अम्मा जी देखते ही बरस पड़ी अरे ऐसा कौनसा

अनोखा काम हुआ है। माँ तो हर औरत बनती है। अरे हमारे तो 14 बच्चे हुये हमने ऐसे कभी नाटक नही बताये। मीना चुपचाप सुनती रही। एक हफ्ते की छुट्टी खत्म हो गई तो मीना ने फिर आफिस जाना शुरू कर दिया लेकिन मीना को ट्रेन में उलटियाँ और चक्कर और मदन को तो कोई फिक्र ही नही थी। वो तो आफिस भी कम ही जाता था। बस पैसे ले देकर अपनी सेलरी बनवा लेता था। मीना के साइन करवा के उसकी भी तनख्वाह निकाल लेता था।

अब मीना की हिम्मत जवाब देने लगी थी। घर में काम का इतना बोझ उधर आफिस में भी काम रोजाना का आने जाने की थकान फिर मानसिक प्रताड़ना, घर आते ही कितने अलाहने सुनना पड़ते थे। फिर पति का भी साथ नही अगर पत्नि के साथ पति का सर्पोट हो तो वो बड़ी से बड़ी मुश्किल झेल लेती है।

ये सब सोचकर मीना की आत्मा कचोर उठता वो सोचती कि एक अदद गृहस्थी और जीवन साथी पाने की कशमकश में मैं कितनी हारी हूँ। मैं तो एक मशीन बन गई हूँ। जो चलती रहती है सोचती नही हैं। बस पैसा कमा कर देती रहती है।

जब मीना को ये अहसास होने लगा था कि मैने यहाँ मदन से शादी करके बहुत बड़ी गलती की है| न मदन के और न मदन के घर वालों के दिल में मीना के लिए प्रेम है न दया| क्यूँकि उसी हालत में भी मीना से किसी को कोई सहानुभूति नही थी| आज जब मीना की ट्रेन में फिर तबीयत खराब हुई तो मीना ने डाक्टर ने सलाह दी मीना तुम्हारा रोजाना इतना लंबा सफर करना ट्रेन में चढ़ना उतरना ठीक नही है किसी दिन चक्कर आने पर कुछ भी बड़ा हादसा हो सकता है| मीना तुम खुद अपनी जान और अपने होने वाले बच्चे की जान की परवाह करो|

मीना ने उसी दिन शहर में रहने का दृड़ फैसला ले लिया था| उसी दिन एक कमरा किराये से ले लिया और मदन से साफ कह दिया मैं रोजाना का सफर नहीं कर सकती अगर मुझे गाँव में रखना है तो मैं नौकरी छोड़ देती हूँ| जब घर में अम्मा जी को ये बात पता चली कि मीना ने कमरा ले लिया तो अम्मा जी उखड़ गई| अरे हम क्या तुमको इसलिये ब्याह कर लाऐ थे कि तुम अपनी गृहस्थी अलग बसालो|

हमारे खानदान में ऐसा नही हुआ कभी| मीना ने कहा तो ठीक है अम्माजी मैं नौकरी छोड़ देती हूँ| क्यूँकि इस हालत में मैं रोजाना ट्रेन से आफिस आ जा नही सकती| अरे ऐसे कैसे नौकरी छोड़ दोगीअभी मुझे दो-दो लडकियों की शादी करना है| और लड़को की भी नौकरी नही है| अब मदन तो वैसे भी हमेशा तनख्वाह कम ही देता है| तुम्हारी तन्ख्वाह मे से जो देता है उसी से ही कुछ घर का काम चलता है|

लेकिन अम्माजी मैं यहाँ से नौकरी पर नहीं जा सकती मदन ने आगे बढ़कर कहा अम्मा अभी 2-3 माह की बात है| जब डिलेवरी हो जायेगी तो मीना को ले आयेगे| इसको कुछ हो गया तो नौकरी भी जायेगी और कुछ भी नही मिलेगा|

अम्मा जी 2-3 माह के लिए बेटे के कहने पर राजी हो गई थी। मीना शहर में ही रहने लगी थी।

मदन तो कभी-कभी ही आता। बस कभी रात रुकने अपने पति होने का टेक्स वसुलने को ही आता था। एक दिन रात को मीना की तबियत खराब हुई लेकिन वो बिलकुल ही अकेली थी। उसने हिम्मत करके खुद ही ऑटो करके हॉस्पिटल गई अकेली ही दर्द से तड़पती रही पास कोई नहीं जो उसकी हिम्मत बढ़ाये प्यार से उसको सहलाये सर पे हाथ रखने वाला कोई भी नहीं था। लेकिन हास्पिटल की डाक्टरनी और नर्स ने खूब हिम्मत दी ध्यान रखा।

मीना ने एक प्यारी सी बेटी को जन्म दिया और मीना उसको देखकर अपने सारे दुख दर्द भूल गई। मीना ने मदन को फोन किया तो दूसरे दिन मदन और अम्माजी हास्पिटल आये। अम्मा जी बेटी को देखकर खुश नही हुई क्यूँकि पहली ही बार घर में बेटी ने जन्म लिया जबकि उनके ख्याल पहले तो बेटा होना चाहिये था बिल जमा करने कर लिए हास्पिटल का मदन ने मीना के ही जी.पी.एफ से पैसे निकाल कर बिल जमा किया।

मीना बेटी को लेकर घर आ गई। मदन फिर बाहर चला गया। मीना अकेली ही बेटी के साथ रहती थी। मदन को मीना और बेटी रोशनी की कोई फिक्र नही थी।

मीना ने आफिस ज्वाईन किया तो बेटी को फूला में छोड़ जाती थी। एक दिन मीना ने देखा कि फूला घर में सभी बच्चों का एक ही रुमाल से मुँह साफ कर रही थी। फूला घर वाली बाई तो मीना का ये देखकर बहुत बुरा लगा। क्योंकि वो तो बेटी के लिऐ घर से रोज धुला हुआ रुमाल देती थी। तभी ये बच्ची बार-बार बीमार हो जाती है।

एक अकेली माँ कितनी मुश्किल से बच्चों को पालती हैं| सोचकर बेटी के बारे में मीना को रोना आ गया, सोचने लगी कि काश मदन को अपनी जिम्मेदारियों का ख्याल होता तो मेरी जिन्दगी में इतनी परेशानियाँ नही होती|

फिर मीना ने अपने आफिस के चपरासी रमेश से बात की अगर तुम्हारी पत्नि मेरी बेटी को मेरे आफिस टाईम में रख ले तो जो पैसे मैं फूला घर में देती थी| तुमको दे दिया करूँगी| रमेश की पत्नि बेटी को सम्भालने को तैयार हो गई| मीना अब बेफिक्र हो गई थी| लंच में बेटी को देख भी आती थी|

मदन का व्यवहार सुधरने के बजाय और बिगड़ता ही जा रहा था } कभी मीना की तनख्वाह ले लेता और मीना उधार लेकर महीना पूरा करती कभी बिना बताये ही मीना का जी.पी.एफ निकाल लेता जब मीना की सेहली ने बताया कि तुझे एल्री क्यूँ कम मिल रही है जब बड़े बाबूजी से मीना ने पूछा तो उन्होने बताया कि तुमने सभी जी.पी.एफ निकला है| उसकी किस्त कट रही है| मीना ने कहा मेने तो कोई जी.पी.एफ नही लिया तो पता चला मदन ने ले लिया पैसा जी.पी.एफ का मीना को बड़ा दुःख हुआ| मदन कुछ देने के बजाए हमेशा ही लेता है| जबकि बच्चों की उसकी जिम्मेदारी तो मदन की है| वो ये बात क्यूँ नही समझता उसने बस दुख दिये है|

आज मीना बहुत रोई क्यूकि उसकी डिलेवरी की डेट पास ही थी पैसों की जरूरत थी| उसने सोचा था कि जी.पी.एफ निकाल लेगी लेकिन अब वो पैसे कहाँ से लाएगी उसे ये फिक्र खाये जा रही थी| मायके में भी मदद करने वाला कोई नही था| पापा के आधे से ज्यादा सेलरी मम्मी के इलाज में चली जाती थी फिर छोटे भाई की पढ़ाई भी थी|

इसलिये मीना ने मायके से कभी कुछ नही मांगा था| सुसराल और मदन से तो कोई मदद मिलने का सवाल ही नही था| जैसे जैसे डिलेवरी डेट पास आती जा रही थी मीना परेशान रहने लगी थी उसे समझ ही नही आ रहा था

कि किससे मदद माँगे वो बहुत टेन्शन में रहने लगी थी| एक दिन उसकी सहेली सुहानी ने पूछा मीना क्या बात है तू आजकल बहुत चुप-चुप रहती है| तेरी तबियत तो ठीक है न| हाँ सुहानी सब ठीक है बस वो डेट करीब है और मेरे पास पैसे नही है उसी को लेकर टेन्शन है| तुझे तो मालूम है कि मदन ने जी.पी.एफ से पैसे निकाल लिये है| अरे तू चिंता मत कर मैं साहब से बात करूंगी वो मुझे एडवांस हाँ-हाँ जरुर देगे मैं बात करूंगी थेन्क यू सुहानी तू ने मेरी बहुत बड़ी मुश्किल हल कर दी| अब तू टेन्शन मत ले तू हँसती हुई अच्छी लगती है|

दूसरे ही दिन साहब ने मीना को बुलाया और कहा मीना मेडम आपकी परेशानी के बारे में सुहानी मेडम ने बताया आप फिक्र न करे आपको एडवांस मिल जायेगा| मीना ने सर को धन्यवाद दिया और सुहानी के गले लग गई सुहानी तेरा एहसान मैं कभी नही भूलूँगी| अरे मेरा कोई एहसान नहीं बस तू और बच्चा स्वस्थय रहे अच्छे से डिलेवरी हो जाये मुझे और कुछ नही चाहिये|

मीना की डिलेवरी डेट आ गई तो मीना खुद ही जाकर चेकअप करवाया डाक्टरनी ने बताया कि मीना सब नार्मल है सुबह तक डिलेवरी हो जायेगी तुम एडमिट हो जाओ और ये दवाऐ मँगवा लो| मीना ने कहा मेडम मेरे साथ तो कोई नही है| मेडम ने कहा पति भी नही है| जी मेडम वो बाहर है अच्छा कोई बात नही है| मैं मँगवा लूँगी|सुबह दुसरे दिन मीना ने बेटे को जन्म दिया| बेटी रोशनी मीना के साथ ही थी उसको पता हुआ कि ये उसका भाई आ गया तो वो बहुत ही खुश हुई| मीना की डिलेवरी हुई लेकिन उसके लिए खाना पीने के लिए गर्म-पानी कुछ भी कोई लाने वाला नही था|

मीना ने अस्पताल में सफाई करने वाली बाई से दो-चाय और दो समोसे मँगवाये| क्यूँकि रोशनी भी सुबह से भूखी थी और मीना को भी भूख लग

रही थी| सफाई करने वाली को चाय समोसे खाने को मीना ने पैसे दिये| सफाई वाली ने कहा मैडम आप ये बासी आलू के समोसे खा रही हो आपके घर से दलिया दूध लेकर कोई नही आया मीना ने कहा यहाँ मैं अकेली रहती हूँ| सब लोग बाहर है मीना सोच रही थी कि आज कितनी खुशी का दिन है आज उसने बेटे को जन्म दिया है| लेकिन मदन को जैसे कोई मतलब ही नही है कभी भी मेरी तकलीफ में मेरे साथ खड़े नही हुये| सोचते हुये मीना की आँखे भीग गई| रोशनी ने जल्दी से पानी दिया| क्या हुआ मम्मी क्या मिर्ची लग गई आपको मीना ने बेटी रोशनी को अपने गले लगा लिया|

बेटा रोशनी तू इतनी छोटी है फिर भी तुझको अपनी माँ के दर्द का कितना ख्याल है कितना एहसास है तुझे मेरा मुझे खुशी है| कि इस दुनिया में मेरा भी कोई है जो मुझसे प्रेम करता है| मेरी तकलीफ की परवाह है| मीना ने तीसरे दिन अस्पताल से छुट्टी ले ली थी| ताकि बिल ज्यादा न आये| 15 दिन बाद मदन बेटे को देखकर खुश थे मीना से ये भी न पूछा कि तुम कैसी हो जबकि मीना बहुत कमजोर हो गई थी| मीना के पास थोड़े पैसे थे अभी तनख्वाह मिलने में टाईम था| इसलिए उसने खुद के लिए कोई घी न ड्राई फ्रूट कुछ नही लिया क्योकि दोनों बच्चों के लिए दूध रोजाना लेना पड़ता था|

मीना की छुट्टी खत्म होने पर मीना दोनों बच्चो को चपरासी के घर छोड़कर आफिस जाने लगी| आते समय आफिस से साथ में दोनों बच्चों को ले आती थी|

आफिस वालों को मीना की परशानी मालूम थी| कभी आफिस जाने में सुबह लेट हो जाती थी कभी शाम को जल्दी घर जाना होता था| तो आफिस का ही सहकर्मी राहुल मीना का बहुत ध्यान रखने लगा था| मीना को जब भी पैसो की काम की जरूरत होती राहुल पूरा ध्यान रखता था| आफिस के काम में भी हाथ बटाता था|

मीना को कही जाना होतो राहुल तैयार मीना राहुल की बहुत रिस्पेक्ट करती थी लेकिन अचानक रात को राहुल के फोन कॉल आने लगे मीना को थोड़ा अनइजी लगा रात कोबात करना लेकिन तो कोई न कोई बहाना बना देता अरे मीना गलती से लग गया था।

या कभी कहता वो बच्चों की तबियत पूछ रहा था। फिर एक दिन मीना आफिस नही गई तो राहुल शाम को मीना के घर आ गया। आज तुम आफिस नही आई तो सोचा कि हालचाल पूँछ लूँ। आज तुम नही आई तो आफिस में अच्छा नही लग रहा था।

अच्छा मीना ये मदन आता नही है क्या सुना है कुछ दूसरी औरतों के चक्कर में रहता है। तुम उसे छोड़ क्यूँ नही देती तुम्हें कोनसा सुख देता है।

मीना सुनो मैं तुमको बहुत पसन्द करता हूँ। बहुत चाहता हूँ अगर तुम चाहो तो मैं तुमसे शादी करने को भी तैयार हूँ। मैं तुम्हारे बच्चों का पूरा ध्यान रखूँगा। मीना ने कहा अरे राहुल सर आप कैसी बाते कर रहे है मैं तो आपको शरीफ इंसान समझती थी अरे तो मेने कोनसी बुरी बात कहदी यही तो खा कि तुमको पसन्द करता हूँ। इसीलिए तो मैं आपका हर काम करने को तैयार रहता हूँ देखो मीना मान जाओ तुमको उस मदन ने के दिया है सिवा दुःख के मीना ने कहा राहुल सर सुनिये मुझसे ऐसी बात मत कीजिए मैं आखिर दो बच्चों की माँ एक शादीशुदा औरत हूँ भले मेरे पति मेरे साथ में नही रहते लेकिन वो मेरे पति तो है। और आप भी शादी शुदा है आपकी भी पत्नी है तीन बच्चे है उनके बारे में तो सोचिये उनका ख्याल रखिये वो आपकी ही जिम्मेदारी हैं। और रुकिये आइन्दा मेरा काम करने और ख्याल रखने की आपको जरूरत नहीं है। और कभी आज के बाद मेरे घर मत आईये राहुल चला गया मीना ने जल्दी से दरवाजा बंदकर दिया। उसे आज बहुत रोना आया अपनी जिंदगी पर कि एक परशानी खत्म नही होती कि दूसरी अपना

मूँह उठाये खड़ी रहती है वो तो कितना फूंक फूंक कर कदम उठाती है। राहुल को उसने एक अच्छा इंसान समझकर मदद ले लेती थी। आज उसने ही पना असली रंग दिखा दिया। अगर मदन मेरे साथ रहते तो किसी की कभी हिम्मत नहीं होती। अब मैं अगर अकेली रहती हूँ तो इसमें मेरा क्या दोष है।

दुसरे दिन जब आफिस से घर आकर ताला खोल ही रही थी कि राहुल फिर आ गया। सुनो मीना मेरी पत्नी को तुमसे शादी करने पर कोई ऐतराज नही तुम चाहो तो मैं उसे लेकर आ जाऊँगा। मीना को राहुल पर बहुत गुस्सा आया कि कैसा आदमी है जिसे अपने बीवी बच्चों का ख्याल नही है मेरा पीछे शादी करने को पडा है। बीवी को भी अपनी डरा धमकाकर राजी कर लिया होगा।

क्योंकि कोई भी पत्नि अपने पति को किसी के साथ कभी बाँटना नही चाहती एक पति-पत्नि के पवित्र रिश्ते से बडकर और कौनसा रिश्ता होगा और ये राहुल अपनी ख़ुशी अपने स्वार्थ के लिए इस रिश्ते को तोड़ना चाहता है पत्नि नही मानी होगी तो उसे छोड़ने की धमकी दे दी होगी इसी कारण वो राजी हो गई होगी सोचा होगा कि इन तिन बच्चों को लेकर कहाँ जायेगी इसीलिए दूसरी शादी की परमीशन दे दी होगी।

उसे आज राहुल की इस हरकत पर बहुत गुस्सा आया उसने बहुत सख्त लहेजे में कहा मेने पहले भी आपको समझाया था। आज फिर समझा रही हूँ मुझे आप ऐसी वैसी औरत न समझे आईन्दा आपने फिर ऐसी कोई बात की तो मै आपकी शिकायत आफिस में आफिसर से और थाने में भी रिपोर्ट कर दूँगी।

मीना ने अपने आसपास मोहल्ले मे आफिस में भी कई लेडीज को देखा था। जो बॉस के मूँह लगी रहती थी उनके साथ लंच करती बाते करती रहती। उनकी गाडी में उनके साथ घुमने जाती थी। उसके बदले उन्हें खूब छुट्टियाँ

मिलती थी काम भी कम ही करती| एक लेडी व्युन का तो घर का बच्चों का पूरा खर्चा ही आफिस के शाब उठाते थे और वो आराम से आफिस आती जब मन करता चली जाती| शाब अपनी गाड़ी से खूब घुमाते रोज पहले उसके घर जाते फिर रात को अपने घर जाते| लेकिन आफिस में कोई मूँह नहीं खोलता था किसी की हिम्मत नही थी कि उस प्यून को कोई काम करने का खड़े| मीना भी ये सब देखती थी|

लेकिन मीना इन सब कामों से दूर रहना चाहती थी| और कभी भी खुद को कमजोर नही पढ़ने देना चाहती थी| वो अकेली रहती थी सभी जानते थे इसलिए हर कोई सहानुभूति जताता था| और मीना उसका मतलब समझती थी| इसीलिए कोशिश करती थी कि वो अपने सारे काम खुद ही करे किसी का कोई एहसान न लेना पड़े| आफिस भी समय पर जाती थी| बच्चों को मीना ही स्कूल छोड़ने जाती थी| और जब छोटे की परीक्षा होती तो वो हाफडे अवकाश लेकर स्कूल में ही रूकती थी|क्योकि बेटा पियूष परीक्षा बगैर दिए ही वापिस आ जाता था जिससे कि वो फेल हो गया था| इसलिए अब मीना पूरे समय तक परीक्षा के दिन स्कूल में ही रहती थी| परीक्षा दिलाकर सतज ही घर लेकर आती थी बेटी तो पढ़ने में बहुत होशियार थी उसने हर परीक्षा हमेशा अच्छे नंबरों से पास की थी| उसने ड्राइंग पेंटिग भी सीखी थी| वो घर पर ही मूर्तियाँ को सजाने का काम करती थी उसने रोशनी की इनकम भी होती थी और उसका शोक भी पूरा हो जाता था| आज मदन बहुत दिनों के बाद घर आया आते ही बोला मीना मेरी बहन की शादी है| गांव चलो और पैसों का इंतेजाम करो कुछ सामान सबके कपड़े भी लेना है| मीना ने कहा मदन तुम जब आते हो पैसों की लिये ही आते हो कभी मेरे और बच्चों के लिए नही सोचते| तो क्या करूँ मेरे पास पैसे नही है| अगर पैसे होते तो फिर क्यूँ आता घर में शादी है| आखिर तुम्हारा भी फर्ज बनता है नन्द की शादी के लिए कुछ करने का कल तुम्हारी सेलरी मिलेगी उसी से सब

लेना है| लेकिन मदन मुझे घर का किराया बच्चों की फीस घर का सामान लेना है| अगर पूरी सेलरी तुमको दे दूँगी तो फिर महीने भर मैं क्या करूँगी बार किस्से भीख माँगूगी| लेकिन अभी शादी जरूरी है तुझे ये सब उधार कर लो|

मदन पहले के भी उधार देना है कोई बार बार उधार नही देता| इतना सुनते ही मदन गाली गलोच मारपीट पर उतर आया| बच्चे डर के मारे रोने लगे पड़ोसी पूछने लगे क्या हो गया| मीना का मदन का कहना मानने के सिवा कोई रास्ता नहीं था| दुसरे दिन सेलरी मिलते ही बाजार जाकर नन्द के लिए सामान सबके लिए कपड़े खरीदे थोड़े पैसे बचे तो मीना ने सोचा बच्चों और खुद के लिये भी कुछ ले ले क्योंकि शादी में पहनने के लिए नए कपड़े थे ही नहीं|

मीना ने एक क्रीम कलर की बार्डर वाली साड़ी ली उसी से मेच करके चूड़ियाँ भी ली| फिर मदन के साथ गाँव आ गई मीना ने आकर सबको कपड़े दिये| नन्द को उसकी साड़ियाँ और सामान दिया लेकिन नन्द को मीना की साड़ी भी पसंद आ गई| ये साड़ी भी मुझे अच्छी लग रही है| कया मैं ये भी ले लूँ भैय्या मीना तो कुछ बोंल ही नही पाई कि उससे पहले ही मदन बोला हाँ हाँ ले लो|

सास ने भी कहा तुझे पसन्द है ले ले शालिनी तेरी शादी है| मीना तो कुछ भी पहन लेगी| मीना को बहुत दुख हुआ कितने सालों के बाद उसने अपने लिए खुश होकर कुछ लिया था वो खुशी भी इन लोगों को रास नहीं आई| मीना ने अपनी पुरानी फनी हुई साडी जो पहले ससुराल में ही रह गई थी| वो पहन ली और फिर चुपचाप काम में लग गई काम करते 4 बज गये सभी लोग खाना खाने बैठ गये, मीना तब भी काम में ही लगी रही|

खाना खा रही मीना की चाची सास ने हाथ पकड़कर मीना को भी खाने के लिए बैठा लिया मीना मना करती रही लेकिन वो नहीं मानी, जब मीना ने थाली में से रोटी का पहला कोर ही तोडा तो सास और नन्द आ गई , अभी हम लोग खाना खा रहे है तुम पहले कैसे खाना खाने बेठ गई| और मीना के सामने से थाली उठाली मीना सबके सामने इतनी बेइज्जती बर्दाश्त नही कर पाई और उस पर मदन भी माँ की हाँ में हाँ मिला रहा था|

मीना चुपचाप अन्दर कमरे में आ गई| पीछे से मदन भी अंदर आ गया और आकर मीना पर हाथ उठा दिया| क्यूँ इतनी जल्दी खाने बेठ गई क्या मर जाती डर में खाती तो मेरी नाक कटवा दी ये सब मेहमानों के सामने ये तमाशा करने की क्या जरूरत थी मीना को आज खुद की किस्मत और शादी के फैसले पर बहुत अफसोस हुआ मीना सोच रही थी कि मुझे तो मेरी माँ ने सिखाया था कि फर्ज हर खुशी हर बंधन से पहले आता है| मैने सबकी खुशी देखी हर फर्ज निभाया एक पत्नि का बहु का और आज तक निभा भी रही हूँ|

लेकिन मदन और उसके परिवार ने कभी मेरी ख़ुशी की मेरी किसी इच्छा की सम्मान की कभी फिक्र नहीं की अब मैने जाना मदन का असली रूप स्वभाव की शालीनता के अंदर छुपा बेहद क्रोधी लोभी, बात बात पर शक करने वाला शराबी मार पिट करने वाला हिंसक पुरुष प्रकट हुआ|

मुझे इस भावना विहीन प्यार विहीन समपर्ण से सौदे बाजी की बू आती है| जिस्समे सिर्फ ये लोगो को मुझसे तन, गण, धन सा लालच रहा है| मेरी इच्छा अनिच्छा , का इनको कोई एहसास नही है डी.एच.लारेन्स ने ठीक ही खा था “मेरिज इज ए लीगल प्रेस्टी ट्यूशन” शादी कानूनी मान्यता प्राप्त वेश्या वृति है ये कैसा बंधन है जो हर बार खुल जाना चाहता है| वो आकाश में खुल कर उड़े चाहती है| पर पिंजरे का पंछी कितना उड़ेगा| कदम कदम पर

उसे दबोचे जानी की आशंका थी पंख पंख छितर जाने का उसे हर समय डर लगा रहता था| अब मीना का मन भी मदन से विद्रोह कर उठा आखिर बर्दाश्त करने की एक हद होती है| लेकिन वो क्या करे कहाँ जाऐ| आज मीना का दिल बुरी तरह से टूटे दिल की सदाऐ मीना को झकझोरती रही, पर तक नही पहुँची मीना के मन में रोये प्यार के दरख्त की जड़ों को मदन की लापरवाही, मारना,पित्नाइन सब बातों से दीपक अहिस्ता खोखला करने लगी| मदन का पूरा परिवार क्रिमिनल सोच का था वो उनसे कोई झगड़ा मिल नही लेना चाह्हती थी| इसीलिये ये सब बर्दाश्त कर रही थी| वरना मदन ने आज तक उसे कौनसा सुख या प्यार दिया था हर कदम पर एक नई परेशानी ही पैदा की थी|

अब जब मीना शहर वापिस आ गई तो दूसरे ही महीने मदन की बहन को पैसों की जरूरत थी तो मदन मीना से पैसे लेने आ गया| मीना को पैसे उधार लेकर मदन को देने ही पड़े क्यूँकि पैसे न देने पर मदन मारपीट पर उतर आता था और मोहल्ले वाले सुबह पूछते क्या आपके पति आये थे और मीना को बहुत शर्म आती थी|

लेकिन मदन को जरा शर्म न अहसास इसलिये मीना मदन का कहना मान लेती थी|

गांव में मदन के छोटे भाई नरेश ने जो एक लडकी को चाहता था| उससे मन्दिर में शादी करली क्योंकि घर वाले नरेश की शादी उससे करने को तैयार नही थे क्योंकि वो छोटी जाति की थी| तो देवर ने खुद ही उससे शादी करके ले आया लेकिन घर वालों ने उसका जीना दूभर कर दिया था उसे घर में कोई चीज चुने की मनाही थी बस झाड़ू पोंछा लीपना पोतना का ही काम करती थी| खाना भी जो बच जाता वो ही दिया जाता था| फिर एक दिन उसकी लाश घर के पीछे मिली| नरेश की लाश देखकर बहुत रोया अरे नीता ये क्या

हो गया| उसे याद आया कि नीता उससे बार-बार कहती थी| नरेश मुझे इस घर से दूर ले चलो ये लोग मुझे मार डालेंगे| जेठजी मुझे अच्छी नजर से नहीं देखते हैं| और अम्म जी आपको मेरे पास आने नहीं देती मैं अकेली बाहर के बरामदे में पीछे सोती हूँ| मुझे रात को डर लगता है|

नरेश ये सारी बात सोच रहा था उसकी आँखों से आँसू बह रहे थे वो बुदबुदा रहा था नीता मुझे क्षमा कर दो मैं तुम्हें नहीं बचा सका मैं तो बस इसी इंतेजार में रहा कि घर वालों का मन पिघल जाएगा क्योंकि हमारा प्यार सच्चा था| लेकिन मैं तुमको कोई ख़ुशी नही दे सका तुम जब नदि पर कपड़े धोने जाती और मैं भी चुपके से वहाँ आ जाता था| हम दोनों भले थोड़ी ही डर को चुपके से मिलते थे तुम कितनी खुश होती थी कहती थी कि नरेश वो दिन कब आयेगा जब हम घर में ही खुलकर मिल सकेगे| लेकिन नीता वो दिन आ ही नही पाया और तुम चली गई| मुझे सब समझ आ गया है| नीता लेकिन मैं क्या कहूँ किससे कहूँ किसको दोष दूँ| मेरा इस संसार के दोहरे मापदण्ड वाले दिखावे की इज्जत धर्म-जाती देखने वालों से मन अब गया| मैं अब यह गृहस्थ घर वार छोडकर सन्यासी बन जाऊँगा| और दुसरे ही दिन नरेश घर छोड़ कर गया मन्दिर में ही गांव के बाहर रहने लगा था|

कुछ दिनों के बाद ही पिताजी भी मदन के चल बसे अम्मा जी अब चुपचुप रहने लगी थी| अब उनकी घर में इतनी नही चलती थी धीरे धीरे बीमार रहने लगी और एक दिन वो भी चल बसी|

अब जेठजी पूरे घर के सर्वसर्वा हो गए थे| उन्होंने बिना किसी से पूछे ही घर बेंच दिया| जब मीना को इस बात की खबर लगी तो मीना ने मदन तक खबर भेजी लेकिन मदन तक कही नही मिला मीना ने खुद ही वकील से बात की वकील ने केस लगा दिया| जब वकील की और से केस फाइल की बात जेठजी को पता चली तो वो बहुत नाराज हुये उन्होंने मीना के पास खबर

पहुँचाई मीना तुमने केस तो दर्ज कर दिया है अगर पेशी पर यहाँ आई तो जिन्दा वापिस नही जाओगी| मीना को जब यह पता चला तो मीना पेशी पर जाते – जाते बीच रास्ते से वापिस लौट आई| क्योंकि वो उन लोगो को जानती थी वो कुछ भी कर सकते थे उसे उसकी बच्चों को कुछ भी नुकसान पहुँचा सकते थे|

फिर मीना को थोड़े दिन के बाद में पता चला कि जेठजी ने मदन को कुछ थोड़े से पैसे देकर साईन करवा लिए थे| और मदन ने वो सब पैसे उड़ा दिए थे| मीना और उसके बच्चों को कुछ भी नही मिला| इधर मीना के पिताजी की भी तबियत खराब हुई 2 दिन एडमिट रहे और ईश्वर को प्यारे हो गए तो मीना को बहुत दुःख पहुंचा भले ही मीना मायके कम ही जा पाती थी लेकिन पिताजी का सर पे साया तो था| आज वो भी उठ गया था| भाई ने गांव से मकान बेंच कर शहर आ गया और मकान खरीद लिया| लेकिन मीना को यहाँ से भी कुछ पैसा नहीं मिला| मीना ने लेकिन भाई से भी कुछ नही कहा भाई की भी सरकारी नौकरी लग गई मीना ने ही लड़की देखकर उसकी शादी करवा दी लेकिन भाई प्रशांत की पत्नि रीता न तो माँ का ख्याल रखती और न ही प्रशांत का और सुबह दस ग्यारह बजे सोकर उठती मीना की मम्मी खुद ही चाय बनाकर पी लेती नाश्ता भी कुछ खा लेती कभी कभी प्रशान्त भूखा ही बिना टिफिन लिए आफिस चला जाता था| मीना जब भी कभी मायके जाती तो भाभी भाई से लड़ाई करने लगती थी| खाना भी इतनी देर में बिना धोये सब्जी बना देती मीना इतनी गंदगी देखकर बिना खाए ही माँ से मिलकर आ जाती बस भाई से पैसो के लिये खूब लड़ाई करती उसे नये नये ल्प्दे ज्वेलरी चाहिये थी| प्रशांत समझाटा रीता मेरी इतनी नहीं है कि हर महीने नये कपड़े रोजाना बाहर खाना खाए मम्मी की भी तबियत ठीक नहीं उनका इलाज भी जरूरी और तुम मेरे आफिस जाते ही कहाँ चली जाती हो रोजाना मुझे मोहल्ले वालों ने बताया कि तुम किसी मोटर साइकल वाले के

साथ रोज कहीं जाती हो| अरे कौन कहता है मुझे बताओ रीता ने तेज आवाज में चिल्लाकर बोली ये तुम्हारी मम्मी ही आग लगाती होगी| नहीं रीता मुझे बाहर बहुत लोगों ने जब बताया तो मेने खुद भी चैक किया तो देखा कि वो सही कह रहे हैं| तुम रात को भी मोबाइल पर बात करती रहती हो| मैने कई बार बाहर बरामदे में रात को तुमको बात करते हुये सूना है| तुम्हें बताना ही होगा वो कौन है ?

रीता ने फिर चिल्लाकर कहा अब जब तुम सब जान ही गये हो प्रशांत तो सुनो प्रशांत वो मेरा दोस्त राजीव है वो मुझे बहुत चाहता है| मैं उसी से शादी करना चाहती थी लेकिन वो हमसे छोटी जात का था इसलिये पापा राजी नही हुये और वकील है पापा तो उस पर झूठा इल्ज़ाम लगाकर जेल भेज दिया और मेरी शादी तुमसे करवा दी| पापा ने बताया था कि तुम्हारी सरकारी नौकरी है केवल एक माँ है वो भी बीमार रहती हैं तुमको कोई रोकने टोकने वाला नही है आराम से रहोंगी लेकिन तुम्हारी माँ की वजह से हम बाहर रोजाना घुमने नही जा पते और जब भी जाओ तो तुम्हे उनकी फिक्र रहती है वो हमेशा कबाव में हड्डी बनी रहती हैं| तुम तो न घुमाने ले जाते हो न शोपिंग करवाते हो लेकिन राजीव मुझे रोजाना घुमाता पिक्चर दिखाता है शापिंग करता है| मुझसे आज भी शादी करने को तैयार है|

प्रशांत रीता की बाते सुनकर उसको देख रहा था ये कैसी औरत है इसे खानदान की मान मर्यादा और हमारे रिश्ते की कोई फिक्र नही है| इसको कभी हम लोगो ने रोका टोका नही, ये फिर भी हमारी कमियाँ गिना रही है कितनी बेशर्मी से अपने प्रेमी की तारीफ मुझसे जर रही है| मैने मेरी माँ ने कभी इससे ऊँची आवाज में बात नहीं की के मोहल्ले के पड़ोसी क्या सोचेंगे लेकिन ये कुछ नही समझ रही हम लोगो को आज प्रशांत को बहुत गुस्सा आया दोनों की खूब जमकर लड़ाई हुई| प्रशान्त सीधा मीना के घर आ गया थोड़ी डर में भाभी भी आ गई| मीना ने दोनों को बहुत समझाया भाभी से खा

भाभी अब पुराणी सब बाते छोड़ो दोनों आराम से रहो अपने बेटे को देखो तुम्हारे झगड़े से इस मासूम पर क्या असर पड़ेगा उस दिन समझाकर मीना ने घर भेंज दिया| लेकिन झगड़े बढ़ते ही गए| रीता भी अपनी हरकते नही छोड़ रही थी और आखिर यर्क प्रशांत का घर छोड़कर चली गई अपने बेटे को भी साथ ले गई और थोड़े दिन बाद दहेज प्रताड़ना का केस लगा दिया| पुलिस घर से भाई को थाणे लेकर चली गई| मीना ने भाई को देखा वो बहुत बीमार परेशान दिख रहा था| प्रशान्त ने खुद ही अपना केस लड़ा और केस जित गया पुलिस ने भाई को छोड़ दिया| मीना और माँ भाई के आने पर बहुत खुश हुई मीना ने अपने एक आफिस के सर को भाई का कमरा किराये से दिलवा दिया| वो आफिस में मीना का बहुत ध्यान रखते मीना का हर काम आगे से आगे से आगे बढ़कर खुद ही कर देते| मीना के बच्चों का भी बहुत ख्याल रखते मीना से कहते मीना खुद को आकेला मत समझना कोई भी काम हो मुझसे कहना| मीना भी उनका ख्याल रखती वो मीना के अच्छे हमदर्द दोस्त थे| इंसान जिन्दगी में ये ही तो चाहता है कि कोई उसका ख्याल रखने वाला फिक्र करने वाला हो| लेकिन मीना ने कभी किसी को घर आने की परमीशन नही दी थी| मीना नही चाहती थी कि कोई उस पर कभी उँगली उठाये इसलिए एक हद में ही रहकर वो बात करती थी| मीना की बेटी रोशनी भी अब बड़ी हो गई थी| वो घर पे ही मूर्तियों के डेकोरेशन कर देती थी| रोशनी को मूर्तियाँ सजाने पेण्ट करने का शोक था और उसने उसकी इनकम भी हो जाती थी मीना आफिस चली जाती थी रोशनी पीछे कमरे में अपनी मूर्तियों के साथ दिन भर बिजी रहती थी|

एक दिन रोशनी अन्दर कमरे में मूर्तियों पर सितारे काँच गर्म करके चिपका रही थी मीना को कमरे में से जलने की बदबू आई| तो रोशनी को मीना ने आवाज दी रोशनी यह क्या जलने की बदबू आ रही है| रोशनी तो अपने काम में हगन थी| उसकी लेगीज में मोमबत्ती के गिरने से पेण्ट में आग लग

गई थी उससे रोशनी की लेगीज में आग लग गई थी| जब मीना अन्दर आ कर जल्दी से रोशनी की लेगीज में लगी आग को बुझाने लगी लेकिन फिर भी रोशनी के पैर जल गये थे| मीना जल्दी से उसे ऑटो से अस्पताल लेकर गई रोशनी का 1 माह तक अस्पताल में एडमिट रही वो ठीक भी हो गई थी लेकिन उसे बुखार आया और टाईफाइड बिगड़ गया पीलिया हो गया फिर मीना ने रोशनी का बहुत इलाज किया लेकिन रोशनी नहीं बच सकी| मीना को सुनकर लगा जैसे पूरी दूनिया घूम गई उसे यकीन ही नही रहा था कि कैसे हँसती खेलती मेरी बेटी दुनिया छोड़ कर जा सकती है|

मीना अकेले ही रोशनी को लेकर आई घर में वो अकेले ही थी| पीयूष भी बाहर दोस्तों के साथ था| मीना ने मदन को फोन किया तो उसका मोबाइल इंगेज ही रहा था| मीना ने कई बार फोन किया लेकिन मदन को फोन लगा ही नही फिर मीना ने अपने भाई को फोन किया उसे भी फोन नहीं लगा|

वो अंधेरी भयानक डरावनी रात थी| बाहर तूफ़ान उठा हुआ तेज बारिश हो रही थी| मीना के अन्दर भी तूफान उठा हुआ था और आँखों से बारिश हो रही थी|

मीना को यकीन ही नही हो रहा था आज उसके सामने लेती हुई उसकी बेटी जिन्दा नहीं है| ये उसकी लाश रखी हुई है| मीना एक तक रोशनी को देख रही थी आँखों से आँसू बह रहे थे कभी वो चीख चीख कर रोने लगती तो कभी एक टक टकी लगाये रोशनी को देखती रहती| पीयूष तो छोटा था सो गया था| मीना कभी दरवाजा बंद करती कभी दरवाजा खोल कर बाहर देखती चारों तरफ सिर्फ अंधेरा ही अंधेरा था| वो दरवाजा खोलकर देखती कि शायद कोई आ जाये इस दुख की घड़ी में इस न खत्म होने वाली डरावनी रात में कोई तो रोशनी की किरण बन कर आ जाएे| मीना को अपनी किस्मत पर बहुत रोना आ रहा था| भगवान तू मेरी कितनी परीक्षा लेगा| मैने तो कभी

किसी का कुछ नही बिगाड़ा कुछ बुरा नही किया तो तू मेरा इतने इम्तहान क्यूँ ले रहा है| मेरी जिन्दगी के इम्तहान खत्म क्यूँ नही होते| मीना रातभर रोटी बिलखती रही| जगते रोते कितनी मुश्किल से सुबह हुई आऐ, पड़ोसियों को भी जैसे ही सुबह मालूम हुआ आ गये| मीना के आफिस से उसकी सहेलियाँ भी आ गई थी| मीना डर और सदमे से सकते थे आ गई थी जैसे ही रोशनी को ले गये मीना बेहोश हो कर गिर गई आखिर वो भी तो एक औरत ही थी कितने सदमे शी रोशनी की मौत ने मीना को तोड़कर रख दिया था| मीना ने माँ से पूछा तुम भी रात को नही आई मुझे कलरात तुम्हारी कितनी जरूरत थी| माँ मैं कितनी अकेली थी| मुझे हर आहट पर महसूस हो रहा था कि कोई आया है| वो मेरी माँ ही होगी| माँ मीना को सीने से लगाकर रोने लगी बेटा मुझे किसी ने खबर नही दी वरना मैं कितना भी तुफान होता लेकिन मैं उस गम की घड़ी में मैं तेरे साथ ही होती मैं अपनी बेटी को कभी भी अकेला नहीं छोड़ती|

दुसरे दिन धीरे [2] सभी लोग चले गये थे मीना रोशनी की मौत के बाद बहुत अकेली हो गई थी| मदन बहुत दिनों के बाद घर आया था| जितना गम बाप को बेटी के मरने का होना चाहिये था| मीना ने जब पूछा मदन तुम्हारा फोन लगा नही तुम अब आऐ हो रोशनी के मरने का मदन को दुःख नहीं था| मदन को बच्चों से प्रेम था ही नही हाँ बस थोड़ा पीयूष से वो प्यार करता था क्योंकि सभी कहते थे कि पीयूष मदन की तरह लगता है हरकते भी मदन की ही तरह ही थी| जब छोटे बेटे राहुल का जन्म हुआ तो वो बिलकुल खुश नही हुआ था मीना ने बड़ी मुश्किल से हास्पिटल का बिल भरा था कुछ एडवांस लेकर तो कुछ सहेलियों से उधार लेकर लेकिन जब रोशनी को पता चला था कि उसका एक और छोटा भाई आया है तो रोशनी बहुत खुश हुई थी|वो अपने दोनों भाईयों का कितना ख्याल रखती थी| राहुल को तो रोशनी

ने ही पाला था| जब मीना आफिस जाती तो रोशनी ही राहुल को बाटल से दूध पिलाती कपड़े बदलती पूरा ख्याल दिन भर रखती थी|

मीना को हर हर बात रोशनी की याद आती| वो रोशनी की मौत का गम भूल ही नही पा रही थी मीना दिन व दिन कमजोर होती जा रही थी| उसकी सहेलियाँ मीना को समझाती| मीना अपने बेटों का ध्यान रखो अपनी नौकरी की फिक्र करो आखिर कब तक इस गम में डूबी रहोगी| फिर मीना ने खुद ही इस गम से उभरने की कोशिश की अपने अंदर हिम्मत जुटाई उसने सोचा अगर मै ऐसे ही बीमार रही तो नौकरी कैसे कर पाऊँगी मेरे बच्चों का क्या होगा| मीना अब धीरे धीरे सामान्य हो गई थी कहते हैं न कि वक्त सबसे बड़ा मरहम होता है| इंसान के बड़े से बड़े गम वक्त भुला देता है| मीना भी अब खुश रहने लगी और अपने काम पर ध्यान देने लगी थी उसने अपने बड़े बेटे को कोंस करने के लिए दूसरे शहर भेज दिया था पीयूष का एक रिश्तेदार के पास रहने को भेजा था| लेकिन पीयूष वहाँ नहीं रुका जहाँ कोंस कर रहा था वहीं रहने लगा| फिर थोड़े दिन के बाद छोटे बेटे राहुल को भी मीना ने कोंस करने के लिए भेज दिया| पीयूष का थोड़े दिन के ही बाद मीना को फोन किया मम्मी मैं राहुल को अपने साथ नहीं रख सकता मुझसे इसके काम नही हो पाते आप इसको बुलालो| मीना जबकि दोनों की फीस और खर्चे के पैसे भी भेजती थी| मीना को तो राहुल को भी कोंस कराना था| इसलिए मीना ने राहुल को एक रिश्तेदार के घर छोड़ दिया और उसका खर्चा फीस भेज देती थी| मीना को तारीखे का बेसब्री से इंतेजार रहता उसे जैसे ही सेलरी मिलती कि मेरे बच्चों को कोई परेशानी न हो कहते है कि माँ गरीब भी होगी तो अपने बच्चों को पाल ही लेती है| मदन ने तो कभी अपनी जिम्मेदारी नहीं समझी थी| लेकिन मीना ने एक [2] पैसा बचाकर बड़े बेटे पीयूष को होटल मैनेजमेण्ट का और छोटे बेटे को एकिटिंग डबिंग की ट्रेनिंग दिलवाई थी| मीना चाहती थी कि दोनों बेटे अपने पैरों पर खड़े हो जायें| पीयूष कोंस पूरा

हो गया था| तो वो वापिस आ गया था| और नौकरी की तलाश में उसकी अभी नौकरी लगी नही थी तो बस दोस्तों के साथ घूमता रहता था| रात को घर आता था मीना बहुत समझाती थी कि बेटा अपना टाईम खराब मत करो पीयूष ने कहा मम्मी मैं क्या करूँ मुझे अभी नौकरी मिल ही नही रही है|

फिर एक दिन पीयूष ने मीना को कॉल किया| मम्मी मैं अपने दोस्त के साथ दिल्ली जाऊँगा वहाँ से प्लास्टिक का सामान थौक में लेकर आऊँगा| और यहाँ बेचेंगे अच्छा बिजनिस है मम्मी डबल ट्रिपल फायदा है| आप जल्दी से पैसे निकाल कर रखो मैं बभी आता हूँ| फिर रात को ट्रेन से दिल्ली जाऊँगा| मीना जल्दी से बैंक से पैसे निकाल लाई| थोड़ी देर में ही पीयूष आ गया लाईए मम्मी जल्दी दीजिए पैसे मेरा दोस्त आने वाला ही होगा|

मीना ने पीयूष को पैसे दिये और पीयूष फोरन घर से निकल गया| मीना खुश थी| कि चलो नौकरी नही लगी लेकिन पीयूष बिजनिस का तो सोच रहा है| अपने पैरों पर खड़ा हो जाऐगा उसका बेकार दोस्तों के साथ घूमना बंद हो जायेगा|

मीना ने कभी भी अपनी खुशियों कामयाबी को ही अपनी खुशी समझती थी

तीसरे दिन पीयूष आ गया था| प्लास्टिक का कुछ सामान भी साथ लाया था| मीना खुश थी कि बिजनिस शुरू हो गया फिर दो दिन के बाद पीयूष का एक दोस्त आया तो सामान उठाकर ले गया| मीना ने पीयूष से पूछा कि बेटा ये सब सामान दोस्त को क्यूँ दे दिया| बेंच दिया मम्मी एक साथ थोंक में ही लेकिन फायदा लेकर बेंचा है अच्छा किया बेटा बस तुमको फायदा होना चाहिये| लेकिन 15 दिन के बाद भी जब पैसे नही दिये दोस्त ने तो मीना ने मालूम किया| तब मीना को पता चला कि पीयूष तो दिल्ली ग्या ही नही था| वो तो दोस्तों के साथ पार्टी में गया था उस दिन| और जो सामान पीयूष लेकर आया था वो तो उसके दोस्त का था| जो पीयूष ने कुछ पैसे देकर दो दिन तक

अपने घर में रखने के लिए पैसे देकर किराये से लिया था| ताकि माँ को लगे कि उसने जो पैसे पीयूष को दिये थे उससे वो बिजनिस कर रहा है मीना को सुनकर बहुत दुःख हुआ कि उसने कितनी मुश्किल से पैसे जमा किये थे लेकिन पीयूष ने एक ही झटके में पार्टी में अपने दोस्तों के साथ खर्च कर दिये| लेकिन मीना क्या कहती पीयूष तो कुछ मानने वाला नहीं क्योंकि पीयूष को कभी लगता ही नहीं था कि उसने कुछ गलती की है|

मीना को याद आया कि अभी पिछले महीने पड़ोसी शर्मा जी के बेटे का पार्सल जो अक्सर मीना के एड्रेस पर मँगाता था| और पार्सल ले लेता था क्योंकि दिन में मीना आफिस में होती थी और पीयूष भी घर पर नहीं होता था वो यहाँ घर के सामने से पार्सल ले लेता था ताकि घर वालों को पता न चल सके| लेकिन एक दिन जब पार्सल आया तो घर में पीयूष ठा तो पीयूष ने पार्सल ले लिया और मीना को बताया कि ये उसने सामान मँगवाया था|

जब शर्मा जी के बेटे ने कंपनी को फोन किया तो पता चला कि सामान तो रिसीव हो ग्या है उसी पते पर, तो शर्मा जी का बेटा मीना के घर आ गया| आकर उसने मीना से पूछा आंटी मेरा पार्सल किसने लिया मीना समझ गई कि ये पीयूष ने ही लिया होगा क्योंकि आजकल वो नई घड़ी चशमा पहने हुये घूम रहा है| मीना ने पूछा बेटा कितने रूपये का था सामान मेरा बेटा समझा कि मेने उसके लिये आर्डर किया होगा तो उसने ले लिया और पहन भी लिया| अब जितने रूपये का था बताओ मैं कल दे दूँगी| और दूसरे दिन बैंक से पैसे निकाल कर दे दिये और उसको मना किया कि आईन्दा कभी हमारे एड्रेस पर कुछ मत मँगवाना पीयूष हमेशा ऐसे ही काम करता था| एक बार पहले भी जब स्कूल में पढ़ता था| तो ट्यूशन का कह कर घर से जाता था| एक महीने तक बेग लेकर जाता और 3-4 घंटे में वापिस आ जाता फिर महीना खत्म होने पर मीना से ट्यूशन की फीस माँगने लगा| मीना अब उसकी चालाकी समझने लगी थी तो मीना ने कहा कि वो खुद ही सर को

फीस देगी सर से मिल भी लेगी, तो पीयूष मीना को एक घर के बाहर जाकर एक लड़के से मिलवाया कि ये सर है, मीना ने फीस दे दी| फिर मीना को रस्ते में याद आया था कि इस लड़के को तो पीयूष के साथ देखा था| इस तरह पीयूष कई बार शुरू से अभी तक मीना से किसी न किसी बहाने से पैसे ऐंठ लेता था| मीना कुछ कहती तो गलती न मानकर मीना से बहस करता था कि आप तो मुझे झूठा समझती हो|

मीना को अपने छोटे बेटे की बहुत फिक्र रहती थी| वो अभी अपना कोर्स पूरा करके नही लौटा था| मीना सबसे पहले सेलरी से राहुल की फीस भेजती थी| महीने के और सामान में खाने में एक टाईम की सब्जी बनाती ताकि राहुल को पढ़ाई में कोई परेशानी न आये वो अच्छे से कोर्स कम्पलीट कर ले|

लेकिन पीयूष को कोई फिक्र ही नही थी| न तो वो कोई नौकरी कर रहा था न कोई बिजनिस बस दिन भर गायब रहता था आधी रात को घर आता था| और सुबह चला जाता था उसने कई लोगों से पैसे उधार ले लिये थे जब उन लोगों ने पैसे माँगना शुरू कियेतो, पीयूष शहर छोडकर भाग गया| अब सभी पैसे माँगने वाले मीना के पास सुबह शाम आने लगे| कुछ तो मीना के आफिस भी आ जाते थे मीना को बहुत शर्मिन्दा होना पड़ता था| मीना बहुत टेंशन में रहने लगी थी| कोई भी घर की घंटी बजाता था तो मीना डर जाती थी कभी कभी रात को सोते-सोते उठाकर बैठ जाती थी| क्योंकि कर्ज लेना वाला व्यक्ति जब रात को सो भी रहा होता है तो भी कर्ज की घड़ी टिकटिक करती रहती है| कर्ज लेने वाला उधारी कका पहाड़ का बोझ ढोता रहता है| भले ही ये कर्ज मीना ने नहीं लिया था लेकिन पीयूष तो सारा कर्ज का भोझ मीना के कंधों पर डालकर भाग गया था| उसने अपना मोबाइल भी बंद कर लिया था| मीना अकेली दिन रात डर और दहशत के साये में जी रही थी| वो बहुत चुप रहने लगी थी| खाना भी उससे नहीं खाया जाता था| उसे बस एक

ही फिक्र लगी रहती थी कि वो कैसे और कहाँ से ये कर्जा उतारेगी| वो बहुत कमजोर हो गई थी|

एक दिन जब मीना के रिश्ते के एक देवर और देवरानी मीना के घर आये तो मीना को देखकर देवर ने पूछा भाभी सहाब आपको के हुआ है| मीना ने कहा कुछ नही भैय्या मैं ठीक हूँ| उन्होंने कहा नही आप कुछ छुपा रही है, आप बताईये क्या परेशानी है आपको, मीना की परेशानियों ने तोड़ डाला था आखिर कब तक वो अकेली इतने गम सहे| पति मदन और बेटे को तो कोई फिक्र ही नही थी उसका अपना ऐसा कोई नही ठा जो उसका हमदर्द होता उसकी परेशानियों का कोई हल निकालता उसको सांत्वना देता आर्थिक या मानसिक सहारा देता| आज जब देवर ने उससे बार बार पूछा तो मीना फफक फफक कर रोने लगी और उसने देवर-देवरानी को बताया कि पीयूष ने बहुत लोगों से कर्जा ले लिया है वो लोग रोजाना पैसे लेने आते है मुझे धमकाते है और पीयूष शहर से बाहर चला गया है मोबाइल भी बंद कर लिया है| भैय्या अब तुम्ही बताओ मैं कहाँ जाऊँ कैसे कर्जा उतारूँ किस्से मदद माँगू| भाभी साहब आप प्रशां मत हो कल से जो भी आपके पास कर्जा लेने आऐ आप उनसे पूछ कर आप एक डायरी में नाम और पैसे लिखती जाईये| फिर जोड़कर मुझे टोटल कितना कर्जा है बताईये दूसरे दिन से मीना ने यही करा और सबका कर्जा जोड़कर देवर जी को बताया कि कुल साढ़े चार लाख रूपये लोगों को देना है|

देवर ने मीणा को साढ़े चार लाख रूपये की गड्डी लाकर दी| ये लीजिये भाभी सहाब कल से जो भी कर्जा लेने आये आप उसके पैसे देकर डायरी में लिखवाकर साईन करवा लीजिये मीना ने दो दिन में पूरे पैसे कर्जदारों को देकर मीना को बड़ी राहत मिली| उसने देवर राजवीर से खा भैय्या आपने मेरा बहुत बड़ा बोझ मेरे सर से उतार दिया| राजवीर ने कहा अरे नहीं भाभी मैं तो

आपकी हालत देखकर समझ गये थे कि आप को कोई बहुत बड़ा दुख है| चलिये अब आप सुकून से रहिये|

फिर 15 दिन के बाद रघुवीर एक फॉर्म लेकर आ गए| भाभी सहाब आप यहाँ साईन कर दीजिए|

वो जो साढ़े चार लाख रूपये जिससे लिये थे मुझे देना है| हम बैंक से लों ले लेते हैं| आराम से किस्तों में लोन पटा देंगे| मीना क्या कहती रघुवीर ने जो फॉर्म दिये मीना ने चुपचाप साईने कर दिये| पैसे निकाल कर रघुवीर ने ले लिये और मीना अपनी सेलरी से किस्त कटवाने लगी वो जानती थी कि इन साढ़े चार लाख रुपयों के बदले उसे लाख रूपये ब्याज सहित देना पड़ेगा| लेकिन मीना को फिर भी सुकून था कि उसकी मानसिक परेशानी तो दूर हुई| और इसके आलावा कोई सस्ता भी नहीं था| मीना के घर फिर एक दिन देवर देवरानी आऐ कि भाभी हमारा घर बन रहा है| तब तक के लिये हमे किराये का मकान चाहिये कोई आपके पड़ोस में हो तो बताईये| मीना ने कहा ठीक है| हम देखते है कोई अच्छा शा मकान मिल जाऐ| लेकिन मीना को भी कोई मकान नहीं मिला तो देवर राजवीर ने कहा भाभी साहब अगर आपको कोई परशानी नही होतो हम आपके साथ ही रह सकते है क्या वैसे भी आप अकेली ही रहती है हम तो एक कमरे में ही गुजारा कर लेंगे|

अरे भैय्या ये घर तो आपका ही है अगर आप यहाँ रहना पसंद करें तो जरुर रहिये| मुझे भी अच्छा लगेगा| और ये बिन्दू के साथ रहना मुझे भी अच्छा लगता है| दूसरे दिन ही देवर-देवरानी अपने बेटे के साथ सामान लेकर आ गये| अब मीना को भी अच्छा लगने लगा था सुनसान घर में रौनक आ गई थी| देवर-देवरानी मीना का बहुत ख्याल रखते थे| मीना को अलग खाना नही बनाने देती थी देवरानी रानू भी खुद ही पूरा पूरा खाना बनाती थी| और लंच का टिफिन बनाकर मीना को देती थी मीना ने भी पूरे महीने का सामान

घर में खाने का ;लाकर रख दिया था| शाम को आफिस से आकर मीना बिन्दू को पार्क में घुमाने ली जाती और देवरानी घर का पूरा काम कर लेती आजकल मीना भी खुश रहने लगी थी| वो दोनों खी घूमने जाते तो मीना को भी साथ ले जाते थे अब सब अच्छा चल रहा था पीयूष भी घर वापिस आ गया था अब पीयूष एक लड़की को पसन्द करने लगा था उसी के साथ घूमता फिरता था मीना को जब पता चला तो पीयूष से पूछा पीयूष ये कौन लड़की है जिसके कॉल आते रहते है| सूना है तुम आजकल उसी के साथ घूम रहे हो| पीयूष ने कहा हाँ मम्मी वो राशि है, मै उससे प्यार करता हूँ| मैं उसी से शादी करूँगा| मीना ने खा अच्छा मुझसे मिलवाना उस लड़की से मैं देखूँगी और तुम पहले कोई सही से नौकरी तो करो| पीयूष ने कहा एक होटल में बात चल रही है, नौकरी भी मिल जायेगी मैं कल राशि को आपसे मिलवाने ले आऊँगा| और दुसरे दिन पीयूष राशि को लेकर भी आ गया| मीना को राशि ज्यादा पसंद तो नहीं आई लेकिन मीना ने कुछ नहीं खा क्योंकि उसके कुछ कहने से पीयूष तो मानने वाला ठा नहीं| अब पीयूष रोजाना राशि से अपनी मँगनी करने की जिद करने लगा तो मीना ने सगाई कर दी| लेकिन वो धीरे-धीरे राशि को समझने लगी थी| क्योकि राशि पीयूष से खूब पैसे गिफ्ट की डिमांड करती रहती थी| जब पीयूष के पास पैसे नहीं होते तो वो अब मीना से माँगने लगी थी| उसका कॉल आता| मम्मी मुझे मोबाइल चाहिये पीयूष नही दिला रहे| मम्मी आप मुझे पैसे दे दीजिए पीयूष कह रहे थे कि मम्मी से माँग कर दे देगे लेकिन 10 दिन हो गये अभी तक नही दिये| मम्मी आप तो मुझे ही सीधे दे दो मैं आपके आफिस आ रही हूँ| राशि जब आफिस आई त्यों मीना को पैसे देना ही पड़े वो सामने क्या कहती कैसे मना करती| अब तो आये दिन राशि मीना से पैसे माँगने लगी| क्योंकि पीयूष तो बंध के नौकरी करता नही था| और राशि की फरमाईशे पूरी करने के लिए जब पैसे नही होते मम्मी के पास भेज देता| मीना भी परेशान आ गई

थी राशि को सिर्फ पैसों से ही मतलब था| अब जब पीयूष पैसे नही दे पाया तो राशि किसी दूसरे लड़के के साथ भाग गई मीना के पास पीयूष का कॉल आया मम्मी राशि ने मुझे धोका दिया है वो किसी दूसरे लड़के के साथ भाग गई| मैं अब उसके बगैर कैसे जिन्दा रहूँगा मम्मी में रेल से कट कर अपनी जान देने जा रहा हूँ| मैं राशि के बिना नही रह पाऊँगा मीना ने कहा बेटा पीयूष तू घबरा मत मैं अभी आती हूँ| मीना ने जल्दी से ऑटो किया और घर आ गई देखा तो पीयूष वहाँ नही था| मीना ने जल्दी से देवर राजवीर को कॉल किया|पूरी बात पीयूष की बताई| राजवीर ने कहा भाभी आप घबराओ नहीं मैं अभी जाकर पीयूष को देखता हूँ| राजवीर जल्दी से कार लेकर रेलवे स्टेशन पहुंचा| पीयूष थोड़ी दूर पर पटरी पर खड़ा हुआ दिखा राजवीर ने पीयूष को आवाज दी पीयूष ट्रेन आ रही है| पटरी से हटो इधर आओ हम लोग राशि को ढूँढ लेगे तुम हमारे पास तो आओ| लेकिन पीयूष कुछ भी सुनके तैयार नही था| रघुवीर ने उसके पास जाकर हाथ खींचकर थप्पड़ मारा और घसीट कर गाड़ी में बैठाया और घर ले कर आ गया|

मीना की साँसे जैसे रुक ही गई थी मीना ने पीयूष को अपने गले लगा लिया पीयूष बेटा तू मुझे छोड़कर जाना चाह रहा था| तूने अपनी माँ के बारे में कुछ भी नही सोचा और वो राशि जो अभी –अभी तुझसे मिली है उसके लिये तू दुनिया छोड़कर जाना चाह रहा था| तूने मेरे बारे में एक बार भी नही सोचा कि मैं तेरे बिना कैसे जी पाऊँगी|

क्या राशि दुनिया में आखरी लड़की थी मैं तेरे लिये राशि से भी अच्छी लड़की ढूँढ़ कर शादी करवाऊँगी| पीयूष भी बहुत रोया मम्मी मैं क्या करूँ मीना ने खा तू फिक्र नही कर मैं हूँ न मीना ने अपने मिलने वालों से भी कह दिया था और खुद की लड़की देखना शुरू कर दी थी| क्योंकि अब पीयूष भी खूब शराब पीकर आने लगा था|

एक मीना की पड़ोसन ने लड़की बताई बताया कि वो लोग ज्यादा पैसे वाले नही है लेकिन लड़की बहुत अच्छी है| मीना जब प्रिया को देखने गई तो पीयूष और मीना को प्रिया पसन्द आ गई|

अब पीयूष चाहता था कि बस जल्दी से उसकी शादी करवा दे माँ मिनाने भी देवर-देवरानी को बताया कि अब पीयूष के लिये भी कमरा चाहिये| तो देवर ने खा भाभी हमारा मकान तैयार हो ही गया है आप तारीख तय कर लो हुमपने घर में शिफ्ट हो जायेगे|

पीयूष की शादी का सुनकर मदन भी आ गये| मीना ने खूब अच्छे से पीयूष की शादी की| मीना चाहती थी कि बहु और पीयूष उसी के साथ ही रहे राहुल भी भाभी के आने से बहुत खुश था| मीना को भी लगता था कि वो अब अकेली नही है| मीना आफिस से ही प्रिया को कॉल कर देती प्रिया तुम मार्केट पहुँचती हूँ| फिर प्रिया को मीना चाट खिलाती उसकी पसंद की शापिंग कराती और दोनों साथ घर आ जाती थी| थोड़े दिन बाद जब प्रिया ने माँ बनने की खुशखबरी मीना को सुनाई तो मीना ख़ुशी से झूम उठी वो प्रिया का खूब ख्याल रखती रोज आफिस से आकर प्रिया के असली घी का गरमागरम पराठा बनाती और उसके साथ नीबू का अचार सामने बैठकर प्रिया को खिलाती| छोटा बेटा राहुल भी बहुत खुश था कि वो चाचा बनने वाला है|

फिर एक दिन पीयूष ने कहा माँ हम अलग कमरा लेकर रहना चाहते हैं| मीना ने खा बेटा यहाँ कोई परेशानी है तुमको क्या बताओ|

पीयूष कुछ नहीं बोला प्रिया तो जो बोलना होता था| पीयूष से ही कहती थी| मीना के सामने कुछ भी नही बोलती थी| जब एक दिन मीना घर आई तो पीयूष सब सामान अपना लेकर चला ग्या था पूरा घर सुनसान खाली पड़ा था मीना ये सब देखकर गला फाड़कर रोना चाहती थी| खूब रोई अपनी

किस्मत पर कि मै तो कितने लाड़ प्यार से रख रही थी फिर भी पीयूष छोड़कर मुझे अकेला चला गया| आज मानसून आँखों से बाहर नही उसके अंदर बरसा जो उसे अन्दर तक गम मे भिगो कर रख गया था| उसका डीएम घुटने लगा था| आज मीना का दिल पूरी तरह टूट ग्या था| मदन से तो उसको कोई आस थी ही नहीं आज बेटा बहु भी छोड़कर चले गये थे उसके टूटे दिल की आवाज उस का गम क्यूँ किसी को दिखाई सुनाई नहीं देता है|

मीना खुद ही बिखरती भी और फिर खुद ही संवर जाती थी| ये सोचकर कि शायद कभी तो गम के बादल छटेगें और उसकी जिंदगी में खुशियों से भरी नई सुबह आयेगी|

मीना सोच रही थी कि अब उसको छोड़कर चले जाते है लेकिन वो किसी को भी नही छोड़ पाती क्योंकि वो एक माँ थी एक पत्नि थी और सबसे बड़ी बात कि वो एक औरत थी उसको क्या अधिकार कि वो किसी को छोड़े वो तो रिश्ते निभाने के लिये अपना कर्तव्य पूरा करने के लिये बनी थी| उसको कोई हक नही ठा कि वो किसी पर अपना हक जताये अभी थोड़े ही दिन गुजरे थे कि मीना के पास खबर आई कि मदन बीमार है तो मीना ये सुनकर खुद को नही रोक पाई| मीना ने मदन की पसन्द का खाना बनाया और मदन के लिये लेकर पहुँच गई मीना जानती थी कि मदन को अच्छा खाना खाने का बहुत शोक है और उसके हाथ का खाना मदन को बहुत अच्छा लगता है| मीना ने मदन को जब खाना खिलाया तो उसने पेट भरकर खाना खाया जबकि पीयूष बता रहा था कि पापा खाना ही नहीं खा रहे थे| फिर मीना ने 500 रु. बेग में से निकाल कर मदन को दिये तो जो 500 रु.उसे किराने वाले के उधार चुकाने को जो बचाया था| मदन ने उस नोट को भी देखकर खा मीना ये 500 रु. ओर्र दे दो मुझे जरूरत है| मीना कुछ भी नही बोंल पाई चुपचाप निकालकर वो 500 रु. का नोट भी मदन को दे दिया| बहु ने चाय तक नही बनाई मीना ने खाना भी पूरा मदन को खिला दिया था| और खुद

बिना लंच बाक्स लिए भूखे पेट ही आफिस चली गई मीना रास्ते में सोच रही थी कि कोई मेरे बारे में कभी नहीं सोचता मैने मदन को अपना भी खाना खिलाया दिया लेकिन पीयूष को भू को या मदन को जरा भी ख्याल नही आया कि मैं दिन भर भूखी रहूँगी मुझे कुछ तो खिला देते| मीना की आँखे ये सब सोचते भीग गई| मीना ने अब सोच लिया था कि वो अब पीयूष के घर नही जायेगी लेकिन वो कहा किसी से नाक लगा पाती थी| न फिक्र को कुछ मना कर पाती थी|

एक दिन फिर जब पीयूष का फोन आया कि मम्मी प्रिया की तबियत ठीक नही है| आप आ जाओ मीना खुद को रोक नहीं रुकी जाकर देखा तो प्रिया बहुत कमज़ोर हो गई थी| मीना फोरन उसको लेकर डाक्टरनी के पास पहुँची| डाक्टरनी को दिखाया टेस्ट करवाये पता चला कि प्रिया को ब्लड की बहुत कमी है| जो डाक्टरनी ने पहले दवा दी वो प्रिया खा ही नही रही थी| और न ही प्रोपर खाना समय से खा रही थी| वो पीयूष की सालियाँ गाँव से वहाँ आई हुई थी| जो दिन भर टी.वी मोबाइल में लगी रहती थी या पीयूष के साथ गाड़ी पर बैठकर घूमती रहती थी| बस खाने में प्रिया को मेगी नुडल्स ही खिलाया रही थी| इन सालियों को ही प्रिया पीयूष को अपने साथ रखना था प्रिया भी कामचोर थी| बहनों को काम के लिये ही लेकर आई थी| उसे ये नजर ही नही आ रहा था कि पीयूष के साथ जवान बहनों को अकेले घुमने जाने देती थी साथ ही बैठे रहते थे| ये बात मीना को अब समझ आई कि इसीलिए पीयूष – प्रिया अलग रहना चाह रहे थे| लेकिन अकेले में खाना न खाकर दवायें टाईम से न लेकर प्रिया की हालत ऐसी हो गई थी| डाक्टरनी ने प्रिया को एडमिट रकने को कह दिया था मीना ने फौरन एडमिट करवा दिया क्योंकि डाक्टरनी नेबता दिया था कि प्रिया और बच्चा भी दोनों बहुत कमजोर हैं| आपरेशन करना पड़ेगा इधर मदन फिर बीमार हो गये थे वो भी वापिस आ गये थे उन्हें भी एडमिट कराना पड़ा| मदन जिद करके प्रायवेट रम

में एडमिट हुआ इतना बड़ा अस्पताल था| तिन दिन में ही बहुत बिल बन ग्या| और ऊपरी दवाओं के खर्चे तो अलग ही थे| मीना ने पीयूष से कहा कि मेरे पास इतने पैसे नही है अब पापा को किसी दूसरे हास्पिटल में एडमिट करो लेकिन मदन तो जाने को तैयार ही नहीं थे| फिर मीना ने कहा कि कुछ जाँचे करवाना है जो दूसरे हास्पिटल में ही होगी तब जाकर मदन जाने को तैयार हुये| दो जगह खाना बनाकर भेजना देखभाल करना मीना तो चकरी बनी हुई थी| कभी पति की सेवा करती तो कभी बहु की देखभाल फिर कभी-कभी बीच में जरूरी काम निपटाने आफिस भी जाना पड़ता था| मीना थक कर चूर हो जाती थी| ऊपर से खर्च का अलग टेन्शन की इन अस्पतालों का बिल कैसे भरेगी| पीयूष और मदन को तो कोई फिक्र ही नही कि बिल कितना बनेगा| मीना ने ही जी.पीएकाउंट से एडवांस लिया| मदन की तबियत ठीक हो गई थी उसे घर पहुँचाया| दुसरे ही दिन बहु के आपरेशन से बेटी हुई| बच्ची बहुत कमजोर थी तो उसका इलाज भी चलने लगा मीना कोई कसर नहीं छोड़ रही थी| पोती और बहु के इलाज में राहुल और मीना दोनों बच्ची को देखकर खुश थे उसको राहुल खुशबू कहकर बुलाने लगा था| मीना को प्रिया की छुट्टी के बाद बिल भरने का टेन्शन था| क्योंकि अभी तनख्वाह मिलने में 3 दिन थे| अगर तिन दिन और अस्पताल में रखेंगे तो बिल बढ़ेगा और छुट्टी लेते है तो पैसे कहाँ से लाऐ, मीना अभी इसी सोचो फिक्र में गम थी, कि मीना की सहेलियाँ आ गई|

अरे मीना उमको बहुत बहुत मुबारक हो तुम्हारा तो प्रमोशन हो गया भई दादी बन गई हो| मीना भी मुस्कुराने लगी हाँ यार बहुत-बहुत धन्यवाद और आप सबको भी बधाई हो आप लोग भी तो दादी बनी हो| हाँ-हाँ सही है रोशनी ने कहा और मिठाई का डिब्बा खोलकर मीना और सब सहेलियों का मुँह मीठा करवाया|

मीना तू बहुत टेन्सन में दिख रही है क्या पोती होने पर खुश नही है अरे नहीं ऐसी बात नही मैं तो पहले से ही तुम कोगों से कह रही थी कि पोती आ जाये हमारा आँगन उसकी पायल की छुन छुन से भर जाये बेटियाँ तो किस्मत वालों को मिलाती हैं| बेटियाँ से ही घर महकता है इसीलिए हमने इसका नाम खुशबू रखा है|

अरे वाह नाम भी बच्ची की तरह बहुत प्यारा रखा है| मीना और हम बहुत खुश है कि तुम बेटे बेटियों को घर की शान समझ रही हो| लेकिन फिर टेन्शन क्या है| राखी ने कहा – अरे बस वो सेलरी 3 दिन बाद मिलेगी और छुट्टी कल ही ओ जायेगी बिल का पेमेण्ट करना पड़ेगा थोड़ा उसी के बारे में सोच रही थी| अरे कितने का बिल है हम सब सहेलियाँ मिलकर बिल भर देगे| तू फिक्र मत कर| फिर तू आराम से देती रहना आखिर तू हम सब के इतने काम आती है| हम कब तेरे काम आयेगे| थेक्स यार तुम लोगो ने बहुत बड़ी प्राब्लम साल्व कर दी| अब देखो न पीयूष का मुझसे दवा के लिए 3 हजार रूपये लिये और पता नही कहाँ खर्च दिये मैने बिल में देखा तो तिन हजार की दवा तो उधार ही ली थी बिल में अमाउंट जुड़ के आया है| मैं कितने मुश्किल से पैसे जमा करती हूँ| और वो जरा भी नही सोचा मेरी परेशानियों को काम करने र चलो बड़ा ही देता है| चल अब दुखी मत हो| मीना तूने अपने ऊपर इतनी जिम्मेदारियाँ ओढ़ ली है कि सब तुझसे फायदा उठा रहे हैं लेकिन उनको तेरी परेशानियाँ की फिक्र नही है| न वो अपनी जिम्मेदारियाँ पूरी कर रहे है| उन्हें तेरा एहसास है ही नही|

हाँ राखी मैं क्या करूँ मुझसे इन सबकी परेशानियाँ नहीं देखी जाती लेकिन कभी अफसोस होता है कि मेरा भी कभी किसी को एहसास क्यों नहीं होता| मेरी पूरी जिन्दगी क्या ऐसा ही कर्ज उतारते हुये फर्ज निभाते गुजरेगी राशि तू ही बता अरे मीना तू फिक्र न कर देखना एक दिन खुशियों से भरी नई सुबह होगी| जब चारों और तेरे खुशियां ही खुशियाँ होगी| हाँ राशि मैं उसी उम्मीद

की एक किरन के सहारे जी रही हूँ| शायद मेरी जिन्दगी में भी वो एक नई सुबह आये जो मेरे लिये खुशियाँ लेकर आऐ| जहाँ कोई गम नही सिर्फ खुशियां हो|

सभी सहेलियों ने मीना को ढाँढस बंधाया हाँ मीना एक दिन जरुर ऐसा ही होगा तू फिक्र न कर खुश रहा कर|

मीना ने पैसे जमाकर दिये बहु की छुट्टी लेकर मीना बच्ची और बहु को अपने घर ले जाना चाहती थी क्योंकि बच्ची बहुत कमजोर थी मीना चाहती थी कि अपने घर पर ही वो बच्ची की देखभाल कर लेगई अपने आफिस भी चली जाया करेगी| लेकिन पीयूष नही माना मम्मी आप तो मेरे ही घर चलो| मीना को पीयूष के घर सही से नींद नही आती थी| कहते है न कि सुकून अपने घर में ही इंसान को मिलटा है| भले ही वो घर झोपड़ी ही क्यूँ न हो|

लेकिन पीयूष की जिद के आगे मीना मजबूर थी| वो पीयूष की सालियाँ आ गई| तो मीना रात को सोने अपने घर आ जाती थी| सुबह शाम को महक को देखने जाती थी| लेकिन पीयूष की साली को एक कप चाय पिलाने में भी परेशानी होती , मीना को देखकर ही वो लोग मुँह नाक बनाने लगती थी| मीना को ये सब अच्छा नही लगता था| इसलिये मीना ने पीयूष के घर धीरे धीरे जाना कम कर दिया था|

मदन की तो कोई खबर ही नही उसे न तो पत्नि की और न बच्चों की किसी की फिक्र ही नही थी| वो तो जब बीमार होता या कोई परेशानी होती तब ही आता था| मीना तो अकेले ही रहती थी उसने तमाम पथरीली काँटो भरी राहो को अपने अनुकूल बनाती हुई अपने बल पर आगे बड़ने लगती थी|

लेकिन सूना है कि औरत की जिन्दगी हर हाल में यातना भरी रहती है| वो कितनी भी सुख सुविधाऐ प्राप्त कर ले पर पता नहीं कहाँ से दुख झन्न से आ गिरते है| मदन तो 5-6 महीनों से बाहर ही था उसका कुछ पता ही नही

चलता था कि वो कहाँ है लेकिन आज फिर अचानक फोन पर पीयूष ने बताया कि मम्मी, कल पापा आ गये थे| उनकी तबियत ठीक नही है| वो अस्पताल में भर्ती हैं| आप जल्दी से आ जाओ मीना को गुस्सा भी आया कि जब अच्छे होते है| बाहर अपने शोक पूरे करते है न कभी परिवार की न अपनी नौकरी की चिंता की| उसे आज तक ये नही मालूम की मदन की कितनी सेलरी है उसके हाथ ,में न बच्चों के लिये न उसके लिये कभी भी कुछ नही दिया मैने कितनी मुश्किलों से बच्चों को पढ़ाया ट्रेनिंग दिलाई| मदन ने कभी भूल कर भी नही पूछा कि मीना तुमको कुछ चाहिये क्या ? अभी थिदे दिन पहले किसी ने बताया था मदन किसी फेमिली के साथ शादी में थे खूब पैसे खर्च कर रहे थे जैसे घर की शादी हो| पता नही किस किस से उनका क्या-क्या रिश्ता है| न कभी मदन ने बताया न कभी मीना की पूछने की हिम्मत हुई, जो इंसान एक पति का अपने पिता होने का ही कभी फर्ज अदा नहीं कर सका जिसने पत्नि को एक कठपुतली ही समझा बस उसके इशारों पर नाचती रही जिसने कभी उसे अपनेपन का एहसास ही नही दिलाया| वो उससे क्या पूछती बाहर तुम्हारा किस्से क्या रिश्ता है| अगर पूछती भी तो ये बात मदन की आँ के खिलाफ होती उसने इतना हक मुझे कभी दिया ही नही कि तो कोई सवाल करे| पीयूष के फोन का ख्याल आया तो अपनी अतीत की यादों से बहार आई और अस्पताल की और चल दी| अस्पताल में जाकर पूरा वार्ड छान लिया लेकिन मदन खी नजर ही नही आया ये फिर वापिस रिसेप्शन पर जाकर मदन नाम का पेशेण्ट किस नम्बर बेड है| मीना ने फिर हाल मे जाकर देखा तो 16 नं• बेड पर मैले कुचैल कपड़े पहने हुये एक दाड़ी वाला इंसान था उसके बाल भी बहुत बड़े हुये थे वो कहीं से भी पहचान में नहीं आ रहा था| मीना ने उनको पास जाकर देखा वो आँखे बंद करे लेते थे मीना अन्चंभित होकर उनको देख रही थी और पहचानने की कोशिश कर रही थी| वो शक्स जिसके नाम मीना ने अपनी

जिंदगी के 30 साल किये थे। भले वो कभी कभी ही आते थे उसके साथ नही रहते थे लेकिन उसकी माँग में तो मदन के नाम का ही सिंदूर था। मदन ने भले ही कभी दवी जवान में खा हो कि ये बच्चे पता नही मेरे ही है या नही क्यूँकि मैं तो तुम्हारे पा कम ही आया हूँ लेकिन एक और ये बात अच्छे से जानती है कि कौनसा बच्चा किसका है और फिर मीना का तो मदन के अलावा कोई था ही नही। वो उस समय भी खून का घूँट पीकर रह गई थी। जब छोटे बेटे के लिए मदन ने ऐसी बात कही थी। ये सब बाते मीना के मस्तिष्क में चलचित्र की चल रही थी। और मीना मदन को गौर से देखक्र बहुत अफसोस भी हो रहा था कि मदन जो हमेशा अकड़ में ही रहता था जिसकी नाक पर कभी मक्खी नहीं बैठती थी आज इस हालत में होगा कि मैं पहचान ही न्हीऊ पाऊँगी मीना ने वार्ड ब्याय को बुलाकर कहाँ, सुनो भैय्या मै इनके लिये कुछ कपड़े लेकर आती हूँ तुम जब तक इनके बाल और दाड़ी काटकर अच्छे से स्पंज करदो।

मैं आकर तुमको पैसे दे दूँगी।

मीना ने एक टी शर्ट लोअर खरीदा कुछ फल लिये दूध लिया।

वार्ड ब्याय ने नाई से बाल, दाड़ी और नाखून कटवा दिए थे। अच्छे से गर्म पानी से मदन का स्पंज कर दिया था मीना ने कपड़े दिये, वार्ड ब्याय ने कपड़े बदल दिये।

मीना ने फल काटकर खिलाये गरम-गरम दूध का गिलास मदन को देकर कहा लो ये पी लो। मदन ने मीना को देखा मुँह से कुछ नही बोला लेकिन उसकी आँख में नमी थी। शायद दिल में पछतावा भी हो लेकिन वो अपनी जबान से कुछ नही बोला।

मीना ने घर आकर दूध दलिया बनाकर भेजा मदन की तबियत दो-चार दिन बाद ठीक हो गई थी। पीयूष पापा को अपने घर ले गया था। लेकिन मीना

रोजाना अपने हाथ का खाना बनाकर ले जाती थी उसे मालूम था कि मदन को उसके हाथ पसन्द है| मदन भी खाने का इंतेजार करता रहता जैसे ही मीना टिफिन देती मदन फौरन मजे से खाना खाने लगता अब मदन की आँखों को मीना का इंतेजार रहता उसकी आँखों में पछतावा भी दिखाई देता था|

मीना मदन को देखती की कितने बीमार है कमजोर हो गये हैं| लेकिन कोई फिलिंग मदन के लिए अब मीना के लिये नहीं थी| बस एक बीमार परेशान इंसान को देखकर जो सहानुभूति होती है| वो ही मीना को मदन से थी| कितने दिन गुजर गये थे कितने उतार चढ़ाव सुख दुःख झेल गई थी मीना पर वो पुराने दिन ज्यों के त्यों आज भी आँखों में अक्स है|

कितनी यादें बसी थी उसके दिल में कितने अरमान थे कि मदन भी उससे अपना प्रेम जताये उसका अहसास करे उसका सुख दुःख बाँटे, लेकिन मीना को मदन से वो प्रेम सहानुभूति, समर्पण के साथ जिन्दगी गुजारी थी लेकिन कभी कभी मीणा सोचती थी कि मुझे क्या मिला, मैने तो अपनी माँ की खी बात हमेशा याद रखी कि बेटा फर्ज हर खुशी हर बंधन से पहले आता है तो मैंने बहुत ईमानदारी से अपने हर फर्ज निभाये फर्ज निभाते-निभाते मै एक मशीन बन गई थी जिसकी कोई न इच्छा भी न अरमान न कोई एहसास न अब कोई अपने थे|

हाँ बस अब एक आस एक उम्मीद थी तो अपने छोटे बेटे राहुल से थी उसी ने मीना की जिन्दगी में खुशी प्रेम दिल से अहसास ख़ुशी की परवाह उसका ख्याल रखना उसे सब कुछ देने की कोशिश करता था|

वो जब भी ट्रेनिंग से आता तो मीना की जिन्दगी में जैसे बहार आ जाती थी बड़ा ही खुबसुरत अनोखा माँ बेटे का रिश्ता था| दोनों एक दूसरे के लिये सब कुछ थे| उनकी दुनिया दोनों तक ही सिमित थी| जब राहुल अत तो मीना की

खुशी का ठिकाना ही नही होता| राहुल मीना से हर बात शेयर करता था| अब तक राहुल यहाँ रहता मीना खुश रहती थी|

आज फिर पीयूष का फोन आया कि मम्मी पापा की तबियत फिर बिगड़ गई है| उनको साइन में दर्द और घबराहट हो रही है| आप जल्दी से आ जाओ मीना जल्दी जल्दी पीयूष के घर पहुँची मदन को ऑटो में बैठाया लेकिन रास्ते में ही मदन ने दुनिया छोड़ दी थी| डाक्टर ने देखते ही कह दिया अब इनमे कुछ नही है मदन की डेड बाड़ी घर लेकर आ गये| पीयूष जो अपने पापा की कापी था बहुत सी आदते उसकी पापा से मिलती थी| उसे पापा में और पापा को भी अगर किसी से प्रेम था तो शायद पीयूष से ही था उनके दुनिया से जाने पर पीयूष बहुत रोया था| मीना जिसके लिये मदन एक नाम था| पति के रूप में जिसे दुनिया उसका पति मानती थी| लेकिन वो तो पति होने का फर्ज कभी न निभा सका था| लेकिन आज जब वो दुनिया से कूच कर गया था तो मीना को भी उसके जाने का गम था| उसे भी बहुत बुरा लगा था और न चाहते हुये भी कुछ पुराने लम्हे याद करके मीना के आँसू बह निकले| माना कि वो कोई जिम्मेदारी फर्ज नहीं निभा सका था फिर भी एक रिश्ता तो था, जो भले ही रस्मन था| मीना को मदन के यूँ दुनिया से चले जाने का दुख था| मदन मीना के साथ ज्यादा नही लेकिन फिर भी मीना को मदन का इंतेजार रहता था उसको लगता था कि कभी भी आ जायेगे| जब मदन जिन्दा थे तो मीना को उनकी कमी कभी नही लगी थी मीना ने कभी नही सोचा था कि उनके न होने पर उसे भी फर्क पड़ेगा आज तो मदन हमेशा के लिये चले गए थे| दिल में कितना भी दर्द हो गम हो समाज की रस्में तो निभाना ही पड़ता है| सभी रिश्तेदारों को खबर दे दी| पीयूष ने मीना से कहा मम्मी मेहमान आयेगे बाहर टेन्ट कुर्सी लगवानी पड़ेगी और खाना भी करना है| आप पैसे दे दो मीना ने पैसे दे दिये सारी तैयारियाँ हो गई| सुसराल से भी सभी आये| जेठजी ने फौरन रस्मे मीणा से निभाने को कहा| जहाँ मदन को

नहलाया था| उस आँगन की झाड़ू देने को मीना से कहा अब उस समय मीना में इतनी हिम्मत नही था कि एक असहाय टूटी हुई औरत जिसका पति अभी-अभी दुनिया छोड़कर चला गया हो लडखडाते पैरों काँपते हाथों से झाड़ू देने लगी| तभी मीना की भू की माँ ने मीना के हाथ से झाड़ू ले ली और खुद ही पूरी झाड़ू लगा दी| फिर जेठनी ने मीना से कहा मीना सर पर मटका पानी भर कर चलो दूर तक फिर उस मटके को फोड़ देंगे उस पानी से नहाकर फिर वापिस आना हैं| मीना ने जैसे ही ये सूना तो सोचा वो कैसे गीली साड़ी सबके सामने से से आएगी| उसने जेठानी से कहा भाभी मैं ये सब नही कर सकती| यहाँ पर ऐसा कुछ नहीं होता|

हाँ पूजा पाठ, दान पुण्य पंडित जी को देना लेना ये सब मैं कर दूँगी तिन दिन बाद सभी मेहमान चले गये| राहुल भी ट्रेनिंग में चला गया|पीयूष अपनी फेमिली के साथ मगन हो गया| मीना जो हमेशा से ही तन्हा थी तन्हा रह गई मीना भी इस गम से धीरे-धीरे उभरने लगी| आखिर मदन मीना का पति था तो इतनी जल्दी उसे भुलाना भी मीना के लिये आसान नही था धीरे धीरे मीना ने आफिस जाना शुरू कर दिया| ताकि खुद को काम में व्यस्त रख सके| मीना के ये तो शुरू से ही आदत थी कि वो अपना गम किसी पर जाहिर नही करती थी अब हर किसी की नजर मीना पर रहती बेचारी के पति का देहान्त हो गया अकेली रहती है| लेकिन मीना किसी को अपने गम को जाहिर नही होने देती थी एक दिन मीना के दरवाजे की घंटी बजी मीना ने दरवाजा खोला तो सामने जेठजी खड़े हुये थे| मीना घर में कभी किसी को अन्दर नही बुलाती थी| सामने जेठ खड़े थे तो मीना को अंदर बुलाना ही पडा वो अपने साथ सामान लेकर आये थे कुछ बोरियाँ थी दल-चावल की बैठते ही कहने लगे देखो मीना जो हुआ भगवान की यही मेजी थी हम जानते है मदन ने कभी तुम्हारा और तुम्हारे बच्चों का ख्याल नही रखा तुम जिस काबिल हो मदन ने कभी तुम्हारी कद्र ही नही की| लेकिन अब तुम

कोई फिक्र न करना खुद को अकेला मत समझना हम तुम्हारे साथ है| मदन था तो उसके कारण हम चाहकर भी न कुछ कह पाये न कर पाये| लेकिन अब तुमको कोई परेशानी नही होगी| मैं आता जाता रहूँगा मै पूरा ख्याल रखूँगा मै सामान लेकर आता रहूँगा| कहते है कि औरत आदमी की बूरी नीयत को भाँप जाती है मीना भी जेब की नीयत समझाई थी कि ये अब क्या चाह रहे है मीना ये सब बाते सुनकर फौरन खड़ी हो गई| और चिल्लाकर कहा आप अभी मेरे घर से निचे उतर जायें और ये सारा सामान उठायें, आइंदा यहाँ मेरे घर आने की हिम्मत नही करना और न मेरी मदद करने के बारे में सोचना| मैं अकेली हूँ लेकिन कमजोर नही हूँ और मै कोई गिरी हुई चरित्रहीन औरत नही हूँ जिसका दिल चाहे वो मुँह उठा के चला आये| आप आइंदा कभी आऐ तो मैं पुलिस बुलालूँगी| जेठजी चुपचाप नीचे चले गये| और मीना उनके गेहूँ, चावल, दाल की कट्टीयाँ ऊपर से ही निचे फेंकती सीढियों पर बभी दल, चावल, बिखर गये थे| दूसरे दिन जब काम वाली आई तो निचे से ऊपर तक गेहूँ चावल बिखरे पड़े थे| कामवाली ने कहा आज दीदी सरी सीढियों पर दल चावल बिखरे पड़े है|

मीना ने कहाँ हाँ सुमन कल जब ऑटो वाल कट्टीयाँ लाया थोड़ी फटी थी तो बिखर गये थे| संभाल कर उठाकर बाहर चिड़ियों को डाल देना पेट भर जायेगा उन बेजुबानो का नही तो कोई शिकारी घात लगाकर बैठा होगा कि इनको दाना डालकर अपने पिंजरे में कैद करले|

सुमन बाई ने कहा हाँ दीदी अप शि कह रही हो मैं अभी दाना समेट कर पक्षियों को डाल देती हूँ मीना रात से अपने जेठ की इस हरकत से बहुत अपसेड थी, जिसने 20,25 सालों से कभी मीना और उसके बच्चों का हाल चाल नही पूछा लेकिन आज जब मैं अकेली हूँ तो वो ,मुझको दबोचने चले आये| ये कैसी दुनिया है औरत को सुकून से स्वाभिमान से रहने ही नहीं देती|

उसे याद आया कि अभी कुछ दिन पहले उसके मुँह बोले मामी जी उसे जब मार्केट में मिली तो हाल चाल पूछने के बाद कहने लगे थे कि मीना जिन्दगी बहुत लंबी है अकेले कैसे कटोगी , कोई तो साथ हो तुम्हारी जरूरतें पूरी करे| तुम खो तो मैं कोई देखूँ| वैसे मीना क्या बताऊँ तेरी मामी को बीमारी ने ऐसा जकड़ा है| कि वो तो मेरा ख्याल ही नहीं रख पाती बिस्तर पर ही पड़ी रहती हैं| इसलिये मुझे भी किसी के सहारे की जरूरत है| तुम्हे कोई भी जरूरत हो मुझे बताना मैं हमेशा तैयार हूँ तुम मेरे बारे में सोचना|

मीना को मामाजी की बात पर बड़ी हैरत हुई| वो मामाजी जो मुझे बचपन से भांजी बीती की तरह मानते थे| आज कैसी बाते कर रहे थे| मीना ने सूना था देखा भी था, अकेली औरत किसी दीन की नही रहती, उसे न सुसराल पूछता है न मायका समाज भी उसे हेय दृष्टि से देखता है वो कितना भी संभल कर चले अभी उस पर उसके शरीर पर अपनी नजरे गढ़ाऐ बैठे रहते है कि कहीं कोई मजबूरी कोई जरूरत हो और वो उसका फायदा उठायें समाज भी महिला को अकेले होने पर कोई सहारा नही देत्या उसके कोई भी कदम उठाने की मुक्ति को आंदोलन या औरत के जीने का अधिकार नही बल्कि उसे हेय दृष्टि से देखता है, कहने को भले ही औरत ने बुलंदियों को छुआ हो तरक्की करली हो पर वह जहाँ थी व्ही है आज भी , लाचार बेचारी , पुरुष के नाम की मोहताज बस यही आकर ही तो औरत मात खा जाती है| और ताउम्र गुलाम बनी दर्द भरे रिश्तों को ढोती रहती है क्योंकि अकेली औरत की जिंदगी चट्टानों और बीहड़ो का सैलाब होती है| जहाँ जरा सी चूक लहुलुहान उसकी कमसिन मोहक देह पर टिकी मर्दों की लोलूप निगाहों आँच से खुद को बचाते हुये वह कितनी बार कलपी थी थकी थी, भयभीत हुई थी, टूटी थी, शायद इसी टूटने ने मीना को चट्टान शा मजबूत बना दिया था|

मीना का मन मामाजी की बातों से खिन्न हो गया था| वो सोच रही थी| क्या अकेली औरत को जीने का कोई अधिकार नही है| क्यूँ उसे सहारे के नाम का प्रलोभन देकर लोग अपनी जरूरते पूरी करना चाहते है मेरा फायदा उठाना चाहते हैं| मैने तो मुश्किलों में भी कभी किसी से कोई मदद नही माँगी मैं कमजोर औरत नही हूँ| जो किसी के आगे झुक जाऊँ| मैनें मेहनत से बच्चों को लिखाया पढ़ाया है| किसी का कोई एहसान नही लिया , हाँ देवर ने मेरा हर परेशानी में पैसों से साथ दिया तो मैनें उसको भी उनकी जरूरत के समय अपने नाम से लोन दिला दिया था| मीना तो हर किसी की मदद करने को स्वयं ही तैयार रहती थी| आफिस में आठ काम करने वाली मंजू आज बहुत चुपचाप उदास क्यों हो तो मंजू ने बताया कि उसने ब्याज से 50 हजार रूपये लिये थे| हर महीने वो पैसे दे रही थी लेकिन अभी ब्याज ही कट रहा है| मेरे पति मेरी पूरी तनख्वाह ले लेते है| इसलिये तिन माह से कुछ नही दे पा रही हूँ| ब्याज देने वाले का रोजाना कॉल आ रहा है| वो धमकी दे रहा है| मै क्या करूँ मीना मुझे समझ नही आ रहा है| मुझे लगता है कि मै सुसाइड ही करलूँ| मीना ने कहा अरे मंजू तू फिक्र नही कर मेरा एरियर मिलने वाला है मैं तुझे वो 50 हजार रूपये दे दूँगी, तू जब हो तेरे पास दे देना आराम से अभी तो ये परेशानी खत्म कर दे ब्याज में बहुत पैसे जा रहे हैं| और मरने का तो सोचना भी मत मंजू खुश हो गई और कहने लगी मीना अभी हेड आफिस चलके मालूम करले पैसे कब मिलेगे, मीना को लेकर हेड आफिस गई और मीना से चैक ले लिया| ,मीना को बहुत ख़ुशी हुई कि आज उसने एक जिंदगी बचाली, पैसे देकर मंजू की मदद करके सुसाइड करने से रोक लिया|

लेकिन यहाँ ब्जी मीना के साथ धोखा ही हुआ, पता चला एक साल हो गया मंजू ने दुसरे आफिस में ट्रांसफर करा लिया न वो मीना को फोन करती न पैसे देती|

जब मीना काल करती तो वो कहती कि अभी बिजी है बाद में बात करूँगी, और मीना जब मोबाइल पर उसकी पिक देखती तो वो अपने बेटे-बेटियों को महँगे महंगे गिफ्ट मोबाइल सोने की चैन देती हुई दिखती थी| मीना जब भी कहती कि मुझे दे दो| मेरे बड़े बेटे की नौकरी छुट गई है| उसे पैसों की जरूरत है| तो वो बहाने बनाती कहती अरे तुमने तो कहा था आराम से जब मरजी हो देना, अब अभी से ही माँगने लगी हो, अभी मेरे पास पैसे नही है और फोन काट देती| मीना को खुद पर गुस्सा आता कि क्यूँ उसकी बातो में आकर इकठ्टे इतने पैसे दे दिए जबकि बड़े बाबू मना भी कर रहे थे|

इधर प्रशांत और बहु नौकरी छुटने पर किराया नही दे पा रहे थे तो मीना के घर ही आ गये थे रहने के लिये| साथ में साली भी आ गई| अब प्रशांत के सुसराल से रोज कोई न कोई मेहमान रहने के लिये आ जाता घर का खर्चा भी बढ़ गया और मीना को सबके साथ रहने में अनइजी लगता था क्योंकि कभी बहु के मम्मी-पापा तो कभी –मामाजी रहते थे मीना को जेण्टस के सामने बैठने नहाने जाने में बड़ा बुरा लगता था जब वो आफिस के लिये नहाकर तैयार होने का सोचती कोई न कोई बाथरूम में होता इस कारण मीना को आफिस जाने में देर हो जाती| मीना जब ज्यादा ही परेशान हो गई तो एक दिन बहु से कहा कि देखो बहु ये मेहमानी एक दो दिन तो ठीक है लेकिन कोई पराया आदमी घर में रहता है तो मुझे अच्छा नही लगता मै अपने ही घर में फ्री होकर नही रह पाती हूँ| फिर दुसरे दिन मामाजी बहु के अपने गाँव चले गये|

मीना ने राहत की साँसे ली|

फिर एक दिन मीना जब आफिस से घर पहुँची तो देखा घर में कोई नहीं था| प्रशांत का सामान भी नही था| और बहुत शा मीना का भी सामान नही था|

जब मीना ने प्रशांत को फोन करके पूछा तो प्रशान्त ने बताया कि मेरी नौकरी इन्दौर में लग गई है मैं यहाँ रहने आ गया हूँ|

मीना को खाली घर देखकर दुःख तो बहुत हुआ कि प्रशांत ने पहले से कुछ नहीं बताया| न पूछा जबकि मीना रोजाना ही कहती थी कि नौकरी का क्या हुआ बेटा कहीं देखो नौकरी ऐसे छोटे भाई से कब तक पैसे माँगते रहोगे| अब जब नौकरी लग गई थी तो माँ को बताना तो था| उसे नौकरी लग जाने की ख़ुशी ही होती| लेकिन नही बताया| अब भी फोन जब ही आता था जब प्रशांत को कोई जरूरत होती पैसे लेना होते| मम्मी राहुल से कहना मुझे तीन जींस और त शर्ट दिलादे, मै आ रगा हूँ| राहुल भी अभी सूना है, आया हुआ है| उसका तो काम भी अच्छा चल रहा है| मीना क्या कहती, दोनों ही उसके बेटे थे राहुल कहता मम्मी माँगने दो मेरा भाई है मुझसे नही माँगने तो फिर किस्से माँगेगा और प्रशांत आये दिन कुछ न कुछ डिमांड करता ही रहता था| राहुल मीना को समझाता मम्मी आप तो बस खुश रहा करो मैं चाहता हूँ| आप खुश रहे तंदरुस्त रहे ताकि मेरे साथ हमेशा रहे| आपको अब कोई परेशानी उठाने की जरूरत नही है मैं आपके हर सपने हर ख़ुशी पूरी करूँगा मै जानता हूँ आपने कितनी मुश्किलों से परेशानियाँ उठाकर मुझे बड़ा किया है| आपकी दुआओं आर्शीवाद से ही मुझे ये सब मिला है| अब आपको देना चाहता हूँ| मम्मी आप जल्दी से तैयार हो जाओ मैं आपको एक सेप्राइज देना चाह रहा हूँ| मीना जल्दी से तैयार होकर आई तो राहुल ने कहा अरे मम्मी आपने ये कौन सा सूट पहन लिया अच्छा चलो ठीक है| और मीना को ले जाकर मॉल में खड़ा कर दिया, मम्मी आप जल्दी से यहाँ से कपड़े पसन्द करो,

मीना ने टैग देखा तो दो हजार रूपये का फ्राक अरे बेटा ये तो बहुत महँगा है| मुझे अभी जरूरत नही है| सरे नही ऐसे कैसे जरूरत नही है| और राहुल ने

खुद ही 5-6 गाऊन, सर्कट कुरते पसंद करके पैक करवा लिये उसमे से एक मीना को देकर कहाँ इसे आप चेंजिंग रूम जाकर चेज करके आईए|

जब मीना ने उसी ग्रीन कलर पहनकर आई तो राहुल ने उसी ग्रीन कलर के गाऊनसे मेच करते हुये एयरिंग और हेण्डबेग भी ले लिया लो मम्मी ये बेग रखो राहुल ने भी ग्रीन कलर की ही टी शर्ट फनी हुई थी| राहुल मीना को लेकर टाटा मोर्टस कार की शाप पर पहुँचा गया| बेटा यहाँ क्यों लाया है| आपकी पसन्द की कार लेना है आप पसंद कीजिए, अरे बेटा मुझे क्या पता कौनसी गाड़ी अच्छी है| कौनसा नया मॉडल है| ये देखिये मम्मी ये गाडी अभी नई लांच हुई है| इसमें आपको कौनसा कलर अच्छा लग रहा है| मीना को नेवी ब्लू कलर अच्छा लगा राहुल ने खा आप ड्राइविंग सिट पर बैठ गई राहुल ने फोटो किल्क किया कार के पेपर तैयार करवाये चैक दिया और सभी स्टाफ का मुँह मीठा करवाया मीना को गाडी की चावी दिलवाई| और ड्राइविंग आपको लेकर जायेगा| और आपके आफिस में ही रहेगा बीच में कही भी जाना हो तो लेकर जायेगा और वापिस शाम को लेकर आयेगा|मीना के खुशी से आँखों में आँसू आ गये| उसने जिन्दगी में तो आजतक गम ही गम उठाये थे| आज उसे एहसास हुआ कि कोई तो है दुनिया में जिसे मीना की खुशी की आराम की फिक्र है| मीना की दिल से ढेरों दुआयें राहुल के लिये निकल रही थी| दुसरे दिन मीना आफिस कार से ड्रायवर के साथ गई|

आफिस में सभी को मिठाई खिलाई आफिस में सभी खुश हुये मीना से कह रहे थे मीना तुमने बहुत तपस्या की थी| अपने बच्चों की जिंदगी बनाने के लिए बहुत मेहनत की कभी अपने कदम नहीं डगमगाने दिये| ये उसी का फल है| और नेक बच्चे भी माँ बाप की सच्ची मुहब्बत उनके लिये किये गये प्रयाम उनका पालन पोषण देखभाल सब याद रखते है| आफिस के लोग अब थे कि मीना के बेटे ने कितनी तरक्की की है| काश उनका भी बेटा राहुल

की ही तरह होता| राहुल का जिस शहर में फिल्म शूटिंग डबिंग का काम था| वहाँ पर जो बँगला शूटिंग के लिये राहुल किराये से लेता था वो अब उसने ही खरीद लिया था| और एक डुप्लेक्स भी रहने के लिये ले लिया था| मीना राहुल की तरक्की कामयाबी से बहुत खुश थी| वो जब भी आता मीना की खुशी का ठिकाना नही रहता था| राहुल भी जब बाहर से आता तो चाहता था कि मीना के हाथ का बना हुआ खाना खाये दोनों माँ बेटे खूब घुमने जाते राहुल मीना को साथ ही शापिंग करने ले जाता था|

आज राहुल ने क्रीम कलर की बार्डर वाली साड़ी मीना को दिलाई तो मीना को अपनी नन्द की शादी याद आ गई कि कैसे उसकी नन्द ने उसकी साडी ले ली थी| और मीना ने शादी पुरानी साड़ी फनी थी| वो सब बाते मीना के मस्तिष्क में चलचित्र की तरह चलने लगी| मीना ने अपने आँखो में आऐ आँसूओ को रोका और राहुल को देखा वो कितना खुश हो रहा था| अपनी मम्मी की पसंद की साड़ी पैक करवाते हुये| राहुल ने कहा मम्मी मेरे नये आफिस का उद्धाटन है उसमे आप ये ही साड़ी पहनना|

मीना ने कहाँ हाँ बेटा जरुर पहनूँगी मेरी बड़ी इच्छा थी ये साड़ी पहनने की|

आज आफिस के उद्द्धाटन के मौके पर मीना ने जब वो साड़ी फनी तो हर इंसान उसकी तारीफ कर कर रहा था| और मीना खुशी से झूम रही थी| कि उसके गम के बादल छट गये थे|

मम्मी पूरे कामो के लिये एक बाई रखो आप अब काम मत किया करो आपने बचपन से अभी तक बहुत काम किया है| अब आप आराम कीजिए|

मेने आपके लिए एक योग क्लास आँन लाईन योग करने के लिए आपको ज्वाइन करवा दिया है| आप उसके साथ रोजाना योगा किया करो| डाइट प्लान चार्ट बनवा दिया है| आप उसी के अनुसार खाया पिया करो आपकी शुगर नार्मल रहेगी| और ये स्मार्ट वाच पहन कर रखा करो ये आपकी हेल्थ

के बारे में बताती रहेगी और पानी कब कितना पीना है कितनी वाक करना है| बस आफिस जाओ जब तक आपका मन करे नहीं तो जहाँ जहाँ मै जाऊँमेरे साथ चला करो| बेटा अभी तो टाईम है रिटायरमेण्ट में तब तक मुझे नौकरी करने दे| मीना को अब कोई गम नही था अब उसकी सेहत भी बहुत अच्छी हो गई थी|

राहुल ने कहा मम्मी आप कहीं भी बाहर घूमने नही गई है आप जहाँ जाना चाहो घूमने अपनी सहेलियों के साथ फ्री होकर आराम से एक हफ्ते का टूर का प्रोग्राम बनाकर मुझे बताना मैं एथरोप्लेन के टिकिट बुक कर दूँगा और होटल भी रहने के लिये| आप आराम से घूमना खाना पीना शापिंग करना|

मीना को याद आया उसे शादी के पहले से ही घूमने जाने का कितना शौक था| मम्मी बाबूजी कह कहते, जब शादी हो जाए तो अपने पति के साथ जहाँ दिल चाहे खूब घूमने जाना मीना बेटा और मीना ये ही सपना देखती कि जब उसकी शादी होगी तो वो भी अपने पति के साथ जहाँ खूब हरियाली हो पानी हो पहाड़ हो बर्फ हो वहाँ घूमने जायेगी खूब शापिंग करेगी|

लेकिन शादी की बाद तो मीना के हर अरमान पर पानी फिर गया था| सपने सपने बनकर ही रह गये थे| सभी अरमान दिल में ही दबे रह गये थे ख्वाहिश मर ही गई थी| मदन ने तो उससे कभी जूठ से भी नही पूछा था| न कभी प्यार जताया था न कहा था कि वो उसे कही कभी ले जाना चाहता है| मीना की जिम्मेदारियों ने भी मीना को कभी फुरसत ही न ही दी थी अपने लिये अपनी खुशी के लिए कुछ सोचने कि| मीना ने राहुल से खा बेटा अभी तक तूने मुझे खुश रखने के लिए जो भी किया जितनी भी खुशियाँ दी ये ख़ुशी सबसे बड़ी है| मुझे तेरी पसन्द पर नाज है| माँ आपको शील पसन्द है न हाँ बेटा पसन्द नही बहुत पसंद है| आज से ही ये मेरे घर की लक्ष्मी है| मैं बहु नही शील को

बेटी बनाकर रखूँगी और बेटा शादी के लिये दो एक से इंसान जरूरी हैं| और आप दोनों की सोच एक सी है| इसलिये ये रिश्ता परफेक्ट है|

मैं जल्दी ही शादी का मुर्हत पंडित जी ने निकलवाती हूँ| राहुल और शील ने खुश होकर एक दुसरे को देखा, राहुल ने शील से कहा, शील मुझे बस मेरी माँ की ही फिक्र थी कि वो हाँ ख़ुशी से करदे क्योंकि उनकी हाँ ही मेरी हाँ है| इसलिये मैने तुमको कभी शादी के लिये नही कहा था| मुझे ये तो पूरा यकीन था कि मेरी पसंद ही मेरी माँ की पसन्द होगी मै जिस भी लडकी के लिए कहूँगा उसको माँ कभी भी मना नही करेगी लेकिन मैं चाहता था पहले मेरी माँ हाँ करे| मैं तभी हाँ कहूँगा आज माँ ने तुम्हे स्वीकार करके मेरी जिन्दगी की राह आसन आर्शिवाद दुआऐ ही मिलती है और दिल में जगह बनती है| लेकिन प्रशांत की पत्नि को पैर छुने से हमेशा ही गुरेज रहा था| कभी बड़ी मुश्किल से छु लेती थी| वो भी दिल से नही| आज जब शील ने मीना के पैर छुए तो मीना को लगा कि यही संस्कार वान लड़की है जो मेरी इज्जत को प्रेम, समर्पण से कंधे से कंधा मिलाकर कदम से कदम मिलाकर साथ चलेगी| ये ईश्वर की ही कृपा है जो मुझे इतनी अच्छी लडकी बहु के रूप में मिल रही है मेरे राहुल को मेरी फिक्र रहती थी अब शील के घर आने पर वो बेफिक्र हो जायेगा|

मिलना है, बात करना है| हमारी लाईन में सभी तरह के लोग होते है| इसलिये मैं अपनी लाईन की लड़की से शादी करूँगा ताकि बाद में कोई परेशानी न आये| मेरी बहुत क्लोज फ्रेन्ड है हम दोनों बहुत क्लोज है मैं उसको पसन्द करता हूँ| वो भी मुझे चाहती है| मैं आपको मिलवाऊँगा आपको भी पसन्द आयेगी|

मीना बहुत खुश थी कि राहुल को कोई लड़की तो पसन्द आई|फिर एक दिन राहुल शील कुमारी को मीना से मिलवाने लेकर आया| मीना ने जब शील को देखा तो वो देखती ही रह गई| अपने बेटे घर का ख्वाब पूरा हो गया था|

अब मीना चाहती थी कि राहुल जल्दी से शादी करले ताकि यह घर खुशियों से भर जाये| मीना ने राहुल से खा बेटा तेर लियेकी रिश्ते आते रहते है| लेकिन मैं चाहती हूँ कि तू अपनी पसंद मुझे बता दे| और अगर तू किसी को चाहता है कोई तुझे पसन्द है तो मुझे बता मैं व्ही तेरी शादी कर दूँगी| राहुल ने कहा माँ मेरा फिउल्म लाईन का काम है कब कहाँ जाना है कितने दिन रुकना है| किस-किस से और कई मकान देखे मीना इंडीपेंडेंट मकान नही लेना चाहती थी| क्योंकि वो अकेली रहती थी उसे इसलिये फ्लेट ही एक बिल्डिंग में चाहिये था ताकि आसपास आमने सामने पड़ोसी हों फिर राहुल ने एक अच्छी कालोनी में दो फ्लेट तुड़वाकर एक बड़ा फ्लेट करवाके ले लिया|

जिसमें मीना ने एक कमरे में मन्दिर भी बनवाया| राहुल ने इंटीरियर करवाया बहुत ही खुबसुरत एक घर तैयार हो गया| मीना बहुत खुश थी आज उसका सपना घर का साकार हो गया था| राहुल भी बहुत खुश थाकि आज उसकी माँ का

ने एक फ्लेट लिया था| मीना को भी पसन्द आ गया तो मीना ने लोन लेकर वो फ्लेट बुक कर दिया| एक छोटा सा ही फ्लेट था लकिन वो मीना ने खुद लिया था तो मीना को बहुत ख़ुशी थी कि एक रिटायमेण्ट के बाद उसका अपना एक घर तो है| राहुल जब आया तो मीना ने राहुल को भी दिखाया, राहुल ने कहा ठीक है मम्मी अगर ये आपको पसंद है| आपकी ख़ुशी है तो अच्छा है| लेकिन मै आपको बड़ा घर लेकर दूँगा| मीना ने कहा बेटा ईश्वर तुमको खूब कामयाबी , पैसा , तरक्की दे| फिर राहुलन ने मीना के

प्रशान्त की पसन्द का खाना बनाया था भूखा ही चला गया|

राहुल ने कहा मम्मी उसे काम होगा जाने दो आप टेन्शन मत करो| मीना चुप हो गई| मीना राहुल से कहती कि बेटा तूने बाहर मकान ले रखे हैं| एक भोपाल में भी लेले मुझे नहीं अच्छा लगता है| मैं रिटायरमेन्ट के बाद मैं आपको अकेला नहीं छोड़ूगा जहाँ-जहाँ मैं जाऊँगा आपको भी लेकर जाऊँगा फिर भी एक मकान यहाँ भी लेंगे दोनों माँ बेटे अब मकान रोजाना ड्रायवर के साथ देखने जाते कभी राहुल को तो कभी मीना को पसंद नही आ रहा था| फिर मीना की सहेली फिर एक दिन प्रशांत का फोन आया मम्मी मेरी तबियत खराब है| मैं एडमिट हूँ|

मीना को भट फिक्र हो गई उसने प्रशन्त से कहा बेटा तू मेरे पास यहाँ आ जा अच्छे डाक्टर को दिखा देंगे| वहाँ तू अकेला परेशान होगा| तो प्रशान्त दुसरे ही दिन टेक्सी से आ गया मीना ने उसको एडमिट कर दिया| 8 दिन तक इलाज चला| मीना ने सभी का मेडी क्लेम कार्ड बनवा रखा था जिसकी हर साल किस्त जमा करती थी| तो कुछ अमाउंट बिल का उसमे एडजेस्ट हो गया फिर भी 50 हजार का बिल बना| मीना तो खुश वो कहता मम्मी अभी मेरा काम और जम जाये अभी तो मैं आपके साथ ही नही रह पाटा हूँ मैं आराम से शादी करूँगा पहले आपको दिखाऊँगा मै मेरे नेचर की जो मेरा काम मेरी व्यस्तता की वजह समझे खुले दिल दिमाग वाली लड़की से जो मेरे प्रोफेशन को समझती हो उससे शादी करूँगा|

अभी तो मम्मी मैं आपके साथ ही खुश हूँ| हम दोनों साथ होते है तो कितना अच्छा लगता है| टाईम आने दो आपको बहु भी लाकर दूँगा आपकी पसन्द की| मीना हँसने लगती| उसकी बातों पर मीना को राहुल पे बहुत प्यार आता| ही नहीं चलता था|

फिर 4 दिन के बाद राहुल आ गया था| और ले ली थी उसे शूटिंग के लिये व्हाइट कलर की कार चाहिये थी| कुछ दोनों तक यहीं काम चला तो मीना

को बहुत अच्छा लगता था कि राहुल इतने दिनों तक उसके साथ रहेगा। वो सुबह जाता लेकिन रात को घर आ जाता था। मीना राहुल की पसंद का खाना बनाकर रखती थी। फिर दोनों साथ में ही खाना खाते। मीना के लिये राहुल शुगर फ्री मिठाई लता था उसे अपनी मम्मी के स्वास्थ्य का बहुत ध्यान रहता था। मीना राहुल से कहती बेटा शादी कर लो मीना सुबह उठकर आने के लिए निकल गई। शादी में बैठी तो उसे भूख लगी तो मीना की आँखों के कोरे गिले हो गये। बहु बेटे ने एक बार भी खाना खाकर जाना नही कहा उसे भूखे ही भेज दिया वो तो वैसे भी कहाँ आती है। ड्रायवर न देखले ये सोचकर मीना ने आँखे पोंच्ली और बाहर देखने लगी।

घर आकर उसे बहुत रोना आया कि वो क्यों गई थी वहाँ। फिर वो नार्मल हो गई और शाम को पार्क में सब कलोनी वालों के साथ जाकर बैठ घी उसको यहाँ बहुत अच्छा लगता था। सब पार्क में घूमते बाते करते समय का पता ही चली गई प्रशांत ने पूछा कैसी है मम्मी कब आई। मीना ने कहा अच्छी हूँ। तुम लोगों की याद आ रही थी महक को देखने का मन था तो मैं आ गई। और राहुल कैसा है उससे कहना कि मेरा मोबाइल खराब हो रहा है नया दिला दे। मैं आऊँगा मोबाइल लेने।

मीना ने प्रशांत को देखा कि कभी छोटे भाई से इसे हमेशा खुच न कुछ चाहिये ही रहता है। वैसे तो कभी फोन करता ही नही है।

मीना ने सुबह ही कहा कि उसे घर जाना है तो किसी ने एक बार भी नही कहा कि रुक जाओ। 1 दो दिन और घर में तो अकेली ही रहती हो प्रशांत तो घर था नही अकेली बहु थी जाकर दरवाजा खटखटाकर तो भू सोते में से उठ कर आई, वो सास (मीना) को देखकर ज्यादा खुश नही हुई मीना ने पूछा महक को लेकर आई बोली सो रही थी। मीना ने सब सामान महक को दिया महक खिलौने देखकर खुश हो गई। कपड़े भी पहनने लगी, मिटाई टाफी भी

सब अपने पास रखकर खाने लगी लेकिन वो मीना को भूल गई थी| दादी नही कह रही थी| गोद में आ रही थी| शाम को प्रशांत और उसकी दोनों सालियाँ घर आई| वो भी ज्यादा खुश नही हुई देखकर, अंदर नही थी तो मीना को आफिस में बहुत बुरा लग रहा था| आज मीना के आने से आफिस में रौनक आ गई थी| मीना और रीना दोनों साथ ही खाना खाती थी| मीना की बेटे की कामयाबी पर रीना को बहुत खशी होती थी वो हमेशा दुआऐ करती थी कि मीना को अपनी पोती की बहुत यद् आ रही थी मीना ने सोचा आफिस की 3 दिन छुट्टियाँ है क्यों न मैं इन्दौर जा कर महक से मिल आऊँ| प्रशांत और भू से भी मिल लुंगी| पोती के लिये कपड़े खिलौने बिस्किट टाफियाँ मिठाई खरीदी और सब सामान लेकर मीना इन्दौर प्रशांत के घर पहुँच गई|सभी सहेलियाँ बहुत खुश थी| रात को डर तक गपशप पुरानी बातें होती रही| फिर सुबह वो ही घुमने जाना शापिंग कसा एक हफ्ता कैसे गुजर गया पता ही नहीं चला सभी अपने अपने घर लौट आई| मीना को घर में आकर अकेले बहुत सुनसान बुरा लग रहा ठ| फिर दुसरे दिन से आफिस आ गई| आफिस में आकर टाईम का ता ही नही चलता था| उसी के सेक्शन में उसकी सहेली रीना भी थी| मीना अपनी हर बात रीना से शेयर करती थी| रीना भी हर बात मीना को बताती थी| दोनों एक दुसरे को सलाह देती थी| मीना 7 दिन से एयरपोर्ट पहुँच गई थी| सब मीना को देखकर बहुत खुश थी| अरे मीना तू तो पहचान में ही नही आ रही तू तो अपनी उम्र से 15-20 साल कोटी नजर आ रही है| आज तेरी वो ही मोहक मुस्कान होठों पर देखकर खुशि हो रही है|

सभी सहेलियाँ एयरपोर्ट पर उतर कर सीधे होटल पहुँच गई|

मीना ने रूम में सामान रखकर सबसे पूछा क्या खाओगी मीनू देखकर आर्डर कर दो फिर फ्रेश होकर सब डायनिंग हाल में पहुँच गई| सबने अपनी अपनी पसंद का नाश्ता किया और टेक्सी बुक करके घुमने चली गई| सभी जगहों

पर खूब घूमी राहुल ने घुमने जाने की बात खी तो मीना का मन फिर मचल उठा वो ख्वाब फिर आँखों में सँवरने लगे| और मीना ने अपनी सहेलियों को फोन करके जब ये बात बताई तो सभी घुमने जाने को राजी हो गई| मीना ने अपना बेग तैयार किया| आज मीना ने अपनी पसंद का ट्रेवल के हिसाब से कपड़े पहने ढीली ढीली शी शार्ट ट्राउजर और स्कार्फ मेंचिग बेग लिया| बड़े फ्रेम वाला ब्रोऊन चश्मा स्मार्ट वाच, सहज आज सच में मीना बहुत ही सुन्दर स्मार्ट लग रही थी|

सब सहेलियाँ समय पर ही कर दी मीना ने पंडिजी से जल्दी का मुर्हत निकलवा लिया था, मीना चाहती थी कि ये बहुत शानदार यादगार शादी हो, मीना अपने बेटे की शादी में कोई कमी नही रहने देना चाहती थी| मीना अपने बेटे को हर खुशी देना चाहती| मीना ने हर चीज एक से बढ़कर एक ली थी| मीना के घर शादी में आने वाले हर इंसान ने मीना की तैयारी की तारीफ की थी| शादी के दिन तो पूरा शहर जैसे उमड़ पडा था क्योंकि मीना के मिलने वाले पहचान वाले, सहकर्मी उसकी सहेलियाँ और फिर राहुल का भी बहुत ग्रुप था| आज राहुल और शील की जोड़ी अट्रेक्शन के केन्द्र थी हर एक की नजर स्टेज पर दूल्हा दुल्हन पर थी| दोनों ने लाईट पिच कलर के कपड़े पहने हुये थे शील ने सिल्वर वर्क किया हुआ गाऊन मेच करती हुई ज्वेलरी फनी हुई थी| शील एक गुलाब की तरह खिली हुई बहुत खुबसुरत किसी अप्सरा सी लग रही थी| और राहुल भी जैसे कोई राजकुमार हो दोनों की जोड़ी बहुत जम रही थी सभी मुबारक बात देने के साथ दोनों की तारीफ़ क्र रहे थे| आज मीना ने लाईट ग्रे आसमानी कलर की सिल्क की सिल्वर बार्डर वाली सदी पहने हुये थी| लोग मीना को बड़ी हसरत से देख रहे थे कि आखिर मीना की अंधेरी दुःख भरी रात बीत गई कितनी परेशानियाँ उठाई थी|

लेकिन आज मीना को हर खुशी मिल गई थी| मीना को भी लग रहा था उसकी दुख भरी जिन्दगी में अब खुशियाँ लौट आई है जब राहुल और शील ने घर में प्रवेश किया तो मीना ने सब रीती रिवाज रश्मों को निभाते हुये शील का ग्रह प्रवेश करवाया| शील भी मीना जैसी माँ को पाकर बहुत खुश थी| उसने राहुल से वादा किया था राहुल मैं माँ का हमेशा आपकी ही तरह ख्याल रखूँगी| उनकी हर खुशी ही मेरी ख़ुशी होगी आप आज माँ की फिक्र मुझपर छोड़ दीजिये आप आराम से अपना काम फ्री होकर संभालिये माँ के लिये मै हूँ न| मीना का घर आज खुशियों से भर गया था| शील अपने साथ खुशियाँ ही खुशियाँ लेकर आई थी मीना को तो वो हिलने ही नही देती थी| हर चीज समय से पहले मीना के हाथ में होती, माँ लीजिये आपकी चाय आपका नाश्ता, माँ आपके योगा करने का समय हो गया| योगा कर लीजिए मीना के हर काम की फिक्र रखती थी| मीना जल्दी ही प्यारे-प्यारे से पोतो की दादी बन गई| मीना ने शील की खराब देखभाल की थी उसको क्या खाना है हर चीज टाईम से देती थी हर मन चेकअप करवाना समय पर दवाये देना और शील ने भी मीना की हर बात मो मन| आज जब मीना दादी बनी तो राहुल ने पूरे हास्पिटल को मिठाई खिलाई नर्स और डाक्टरनी के लिये खूबसूरत सी सदी गिफ्ट मे दी| सभी वर्करो को भी कपड़े मिठाई के पैकेट दिये सभी बहुत खुश थे सभी ने राहुल-शील को बच्चे को मीना को दुआयेदी| मीना की खुशी का तो आज ठिकाना नहीं था| मीना का आँगन खुशियों से भर गया था| आज चारों तरफ खुशियाँ ही खुशियाँ थी|

मीना की जिन्दगी की अँधेरी रात गम की ढल चुकी थी| आज मीना का घर "मीना ग्लेक्सी" दीप मालाओ की रोशनी से नहाया हुआ था रंग बिरंगी लाईटन से प्रकाश ने अँधेरे को दूर कर दिया था| जिस तरह मीना की हिम्मत, मेहनत, मर्यादा और एक अच्छे किरदार में उसके जिन्दगी के अंधेरों को दूर करके एक काली रात को खत्म कर दिया था और उसकी जिन्दगी में "एक नई सुबह" नई खुशियाँ लेकर आ गई थी|

www.ingramcontent.com/pod-product-compliance
Lightning Source LLC
LaVergne TN
LVHW061559070526
838199LV00077B/7108